ダッシュエックス文庫

魔弾の王と聖泉の双紋剣(カルンウェナン)2

瀬尾つかさ

ルヴーシュ
オステローデ
レグニーツァ
王都シレジア
ブレスト
ライトメリッツ
ジスタート
アルサス
オルミュッツ
ポリーシャ
城砦
ムオジネル
エレシュキルト
王都パルティア
黄金の海

アスヴァール島
王都コルチェスター
王都アスカニア
ブリューヌ
アスヴァール
王都ニース
アニエス
ザクスタン

Character

Lord Marksman and Carnwenhan

ティグルヴルムド＝ヴォルン

ブリューヌ王国のアルサスを治めるヴォルン家の嫡男。16歳。家宝の黒弓を手に、リムと共に蘇った円卓の騎士と戦う。

リムアリーシャ

ジスタートのライトメリッツ公国の公主代理。20歳。ティグルと共にアスヴァール島に漂流し、湖の精霊から不思議な力を持つ双剣を授かる。

ギネヴィア＝コルチカム＝オフィーリア＝ベディヴィア＝アスヴァール

アスヴァール王国の王女。19歳。アスヴァール王族唯一の生き残りとして、蘇った始祖アルトリウスと円卓の騎士に戦いを挑む。

リネット＝ブリダイン

アスヴァール島の北を支配するブリダイン公爵の娘。16歳。ギネヴィアの親友として、彼女を守るためにギネヴィア派をまとめる知恵者。

プロローグ

初夏、偽アルトリウス派の軍勢が王都コルチェスターを出立したという知らせがデンの町に届いた後のこと。

ギネヴィア派の宰相ブリダイン公爵の娘リネットは、宰相代理の権限を得て、拠点となったデンの町の元領主の屋敷を接収した公邸で各地の領主軍との調整に追われていた。

以前はよく手入れされた金色の髪、故郷の屋敷では毎日、母に櫛で梳いてもらっていた肩まである自慢の髪も、今や手入れを怠り跳ねて乱れて、見られたものではない。仕事の一部を押しつけた侍女が気づけば、「おひいさま、どうかご自愛ください」と悲鳴をあげて直してくれるが、その間も執務は止めないほどの多忙である。

政治の、軍の統括を誰がするのか、個々の権限はどこまでか。複雑怪奇な綱引きでギネヴィアたちの手を煩わせるわけにはいかなかった。

彼女の親愛なる主、ギネヴィア。異国から来た竜殺し、ティグルことティグルヴルムド＝ヴォルン。彼らは、お世辞にもそういった方面が得手とはいえない。

ティグルの副官であるリム――リムアリーシャには、ジスタートのライトメリッツで公主代理として辣腕を振るっていたという経歴があった。よって彼女には、練兵や軍団の編制、騎士たちのもめごとの調停をはじめとした、彼女にしかできない仕事を担ってもらう。

問題はそれ以外の仕事だ。リネットは、政務こそ自らの役割だと己を鼓舞し、殺人的な日程をこなしていた。

執務中に意識を失い羊皮紙の山に倒れること数度、そのたびにベッドへ運んでくれた侍従からは、自重を促すよう説得された。だがリネットは、いま彼女が手を抜くことはギネヴィア派の敗北を、ひいては自らの破滅を意味するのだと、逆に彼らを説き伏せた。

「コルチェスターの外壁に、父や兄弟と共に私の首を並べたいのですか。始祖アルトリウスを僭称(せんしょう)する反逆者が、ここまで敵対して、いまさら我らに寛大な処置をくださるとは思わぬことです」

と返せば、ブリダイン家に古くから仕える者たちも沈黙せざるを得ない。ギネヴィア派が偽アルトリウスと呼称する者の、ギネヴィアの親兄弟に対する非道な所業は広くアスヴァール島中に伝わっていた。ブリダイン公爵の縁者も、コルチェスター陥落の際に多くが死去している。行方不明の者も多い。

リムも多少は手伝ってくれるが、他国人にはできない諸侯とのやりとりは多い。

医師と侍従は、これは手がつけられないと彼女に対抗できる者を公邸に呼んだ。

各地をまわり諸侯との調整に当たっていたギネヴィア派の宰相、ブリダイン公爵。

リネットの父親である。

髪に白いものがまじり、顎髭をたくわえた厳めしい顔つきの初老の男は、リネットの執務室に入るなり、机にかじりついている彼女を見て、「妻を連れてくるべきだった。あれならば、今のおまえを見るや否や、力ずくでベッドに運ぶだろう」と嘆いた。

「ではお父様も、そうなさればよろしい。道具として私を使い潰すならば」

「おまえを使い潰すことがブリダイン家の利になるならば、そうするのが私の役割だ。もっとも、今のおまえは使い潰す価値もない。適当な家に嫁がせようにも、どの家も嫁入りを拒否するだろう」

　リネットはため息をついて羊皮紙にペンを走らせる手を止め、侍女に紅茶をふたつ持ってくるよう命じた。

　人払いだ。ふたりきりになる。

「私、そんなにひどい顔をしていますか、お父様」

　ブリダイン公爵は、書類の束が載る机のそばに自分で椅子を持ってきて、腰かける。肩を落とした。リネットには、父が小さくなってしまったように見えた。

「亡霊のような顔、とは今のおまえを言うのだろうな。気がはやるのもわかるが、周囲の忠告に耳を傾けるのも上に立つ者の務めだよ」

「今、私が休むわけには……」

「部下に任せるのだ。おまえは昔から、部下を育てるのが下手だな」

「育てる余裕があるような状況ではありません。アルトリウスを名乗る者は、逆らう人々の首を容赦なく刈り取るでしょう。お父様も、コルチェスター陥落の光景について報告を受けているでしょうに」

ブリダイン公爵は、やれやれと首を振った。余裕しゃくしゃくといった態度がひどく腹立たしい。わざとリネットを苛立たせようとしているのがわかるだけに、いっそう癇に障る。いつもの父の手なのだ。

「アルトリウスを名乗る者は、そこまで残虐ではないという報告も入っているよ。おまえだって、同じ情報を得ているはずだ」

リネットは言葉に詰まった。父の言う通り、彼らが降伏した相手の首を晒すまでやったのは王族に対してのみであることは承知している。敵対した者でも、その後に恭順の意を示せば臣下とする懐の深さがあることも。

少しためらった末、本音を口にすることにした。どのみち父には看破されていることだ。

「それでは殿下の身を守れません」

降伏という選択が彼女の親友でありいまとなっては主と担ぐギネヴィアの首を差し出すことと同じであることに変わりはない。アルトリウスを名乗る者は、現アスヴァール王家の根切りを意図して行動している。

「アルトリウスを名乗る者は、何故、王族の命にこだわるのだろうな」

　ブリダイン公爵はぽつりと呟いた。

「正確なところはわかりかねます。ですが、侵略において既存の王権を否定するのは基本中の基本。次善の策として、殿下と婚姻を結び傀儡として操る方法はありますが、それでは後に禍根を残す。そう考えているのでしょう」

　そこまでわかっているが故に、リネットに妥協はありえない。

「殿下に入れ込みすぎているな」

　政治ではなく私情を優先していることなど、父に言われなくてもわかっている。反発しかけて、机の下でぐっと拳を握った。感情をぶつけても逆効果だ。幼いころより、そう教えられていた。

「だが、おまえはそれでいい」

　ところが、老獪な政治家である彼はそう告げる。

「偽アルトリウスと我らが呼んでいる者は、得体が知れぬ。王族に強い敵意を抱いておる。王族の血が濃い公爵家が受け入れられるかは、賭けになるであろう」

　故に、自分たちが主として仰ぐべきはギネヴィア以外にありえないとブリダイン公爵は語ったのである。

「現状、つまり我々が勝ち続けている限りは、ですね」

リネットは、父が飲み込んだ言葉をあえて口に出した。

「お父様のことです。交渉の手段は別の方面から模索していらっしゃるのでしょう？　殿下の首を手に始祖アルトリウスを名乗る者へ降(くだ)るとしても、そこに至るまでにブリダイン家の価値を上げる必要がある。そのためには、いっそうの勝利が必要です。私が勝てば勝つほど、いざという時に家を高く売りつけることができる。その上で、どうしてもという時は殿下の首を土産とする」

「そうとして、おまえは如何(いかが)する」

「どうもいたしません。今、必要な支援を必要なだけまわしてくださるのはブリダインだけなのですから、お父様には感謝の言葉もありません。ギネヴィア派で宰相の地位に座った以上、半端な足抜けは難しいとおわかりのはず」

一応、そう注意をしておく。父もそれくらい計算は立てているだろうなと思うが、言わなければ気が収まらないこともある。

「保身の必要がないくらい勝ち続ければよろしいのです。どのみちわれらは烏合(うごう)の衆。一度の敗戦ですべてが瓦解(がかい)いたします。お父様は後のことを心配なさいませ。私は、その心配をすべて無にするほどの偉大な勝利を捧げてみせましょう」

そう啖呵(たんか)を切ったものの、ギネヴィア派の前途は厳しい。リネットは、自分がなんとかしなければ寄せ集めのこの組織がたちどころに瓦解すると知っていた。

　ふと思いつき、羊皮紙の束から一枚を取り出すと、ペンを走らせて父に渡す。

「何だ、これは」

「長弓の引き手は希少ですが、単独では戦術的な価値が高くありません。彼らをひとつの部隊としてまとめ、運用することが肝要である、と……これはリムアリーシャ殿の提案ですが、お父様」

　父の目をしかと見据え、にっこりとしてみせる。

「渋る領主たちから虎の子の精鋭を引き抜き、対価として幾ばくかの報酬を約束する、という仕事です。私の身を心配してくださる優しいお父様。この件、引き受けていただけますでしょうか」

　ブリダイン公爵は、口を閉じて唸った。忠告がてら、多少は仕事を肩代わりするつもりだったのだろうが、リネットの押しつけた任務は諸侯に恨まれること請け合いの、極めて面倒な代物だ。しかも、確かに彼にうってつけの任務である。

「無論、お兄様がたも好きに使ってくださって結構です」

「あいつらが、こんな繊細な仕事をこなせるわけもなかろう」

　事実である。リネットの四人の兄は、いずれも武勇名高い猛将であった。最初、リネットは彼らの誰かにギネヴィア派の総指揮官の地位を押しつけるつもりだった。しかし兄たちは笑ってそれを断った。

「俺たちは武勇に優れると自負している。戦となれば一番槍で活躍してみせよう。だが俺たちの中におまえほど知略に優れた者はいない。ひねくれ者の親父は放っておけ。俺たち四人は、全員でおまえの判断に賭けた。死ぬときは俺たちから先に死んでやるから、存分にやれ」

という人の胃を痛くするような励ましの言葉と共に、四人の兄たちは供出できるだけの財産をリネットに押しつけてきた。信頼と言えば聞こえがいいが、判断の丸投げは貴族にあるまじき思考停止だ。腹立たしいことこの上ない。

実際のところ、父の配下にも政務に優れた者はいるが、今回の出陣にあたりそれらのほとんどは領地の経営のため置いてきてしまっている。戦の間も民の暮らしを守る必要がある以上、仕方のないことではあった。

そんなリネットの兄たちには、戦を目前に控えた現在、小規模な演習を繰り返して諸侯の練度を確認し、友好を深めることに専念してもらっている。

リネットのような小娘が政治のみならず軍事にも口を出してくることを快く思わない者は多くいた。彼らを懐柔（かいじゅう）するためには、同じく拳と筋肉で語り合うような人材が必要だった。今もリネットの兄たちは、自慢の筋肉を誇示して諸侯の幕舎（ばくしゃ）を巡っている。

「わかった、私がやっておこう」

「ありがとうございます、お父様」

「かわりに、おまえはこれから半日、身体を休めろ。リムアリーシャ殿が、いくつかの業務について引き継ぎを申し出てくれた」

「勝手なことを……いいえ、ありがとうございます」

リネットは少し考えたすえ、同意を示した。ここまでされて、父の愛情を無碍にするわけにもいかない。あとでリムアリーシャ殿にも謝意を伝えよう。

自室のベッドに倒れ込む。三つも数えないうちにまぶたが落ちる。

夢も見ずに、まる一日、眠った。

†

別の日。リネットは執務室で、とある貴族の訪問を受けていた。

「やはり、軍の総指揮官は経験の豊富な者がとるべきではないだろうか」

そうしつこく食い下がってくるのは、とある侯爵の長男である。ギネヴィアがティグルを総指揮官に命じたという布告の翌日である。

こういった意見を述べに来たのは、この人物が初めてではない。陳情の大半は部下のところで止まるが、中には身分の関係上、リネットが受けなければならないこともある。

他国への遠征軍に何度も参加したことがあるこの人物は、たしか今年で三十六歳。自分こそがそれにふさわしいと言いたいのだろう。

リネットは、この人物の評判を表も裏もよく知っていた。勇敢でこそあるが、いささか狭量で目の前のことしか見えない小物だ。数百人の兵を率いる程度ならできるだろうが、五千人近くからなるギネヴィア軍の頭に据えるべき人物ではない。ついでに下半身の節操がなく、つい先日も娼婦に「俺がギネヴィア軍の総指揮官になるのだ」と法螺を吹いていた。

娼婦を買うときは、もう少しよく注意すべきであろう。敵のスパイが潜り込む余地をなくすため、ブリダイン公爵はわざわざ故郷から多数の娼婦を連れてきていた。軍の後ろに娼婦がついてくるのは普通のことであるため誰も気にしていないが、彼女たちはブリダイン公爵のつくった諜報組織の者たちである。

よってリネットは彼の申し出を婉曲に断り、優秀な副官をつけるから問題ない旨を伝える。激怒した彼には、この諜報組織から仕入れた床での戯言を少し披露し、黙らせた。この男も次から少しは女性関係に注意してくれるだろうか。

顔を青くして彼が退室した後、入れ替わりに現れたのは、父のブリダイン公爵だった。羊皮紙の束をリネットの机に置く。頼んでいた仕事は無事に片づけてくれたらしい。

「リネット、締めつけすぎは反発を招くと教えたはずだ」

「忠告、感謝します、お父様。ですが、われらは寄せ集め。軍は、そう複雑な作戦は取れません。充分に戦術を煮詰める時間もない。総指揮官としてティグルヴルムド＝ヴォルンを立てるのは、竜殺しの武勇でもって兵士の士気を高めるためです」

「私のもとにも偵察隊からの情報がまわってきた。敵軍が引き連れている竜は、三体。いずれも巨大な地竜(スロー)だ」

リネットは父の言葉にうなずく。

偽アルトリウス派が竜を使役していること、その暴威でもってコルチェスターを落としたこと、敵対する者を竜の餌とすること。それらはすでに、アスヴァール島の領主なら誰でも知っていることであった。

「竜殺し、というふたつ名は、竜の脅威に怯(おび)える兵士にとって、なによりも頼もしく映ることだろうな」

「それでも、納得しない者は多いのです。遅参した者ほど情報に疎(うと)く、わがままに振る舞う」

「それも道理だ。世情の調査を怠らぬ者であれば、しょせんはアスヴァール島の中での出来事、ある程度の情報が集まった段階で旗色(きしょく)を定めているだろう。それすらできず、なし崩し的に動くことしかできぬ者たちは、己の判断の遅さを悔いる知能すらないに違いない」

そう語るブリダイン公爵とて、リネットが早々にギネヴィアのもとへ走らなければ、もう少し日和(ひよ)った態度を取り続けていただろうことは想像に難くない。なにせ父自身がそう語っていたことなのだから。

「コルチェスター防衛戦の敗北が、それほどに強烈な印象を残したのだ」

ブリダイン公爵は言う。

「アルトリウスを騙る者が使役する竜にはいかなる刃も歯が立たず、諸侯の軍勢は一方的に蹂躙されるだけだった。竜殺しのふたつ名がなければ、今、殿下のもとに集う者はこの半分もいなかっただろう」

その場合、彼はどうしたか。

「竜への対策がないままであれば、私はおまえを利用して殿下をおびき出し、謀殺したうえで首を手土産にアルトリウスを名乗る者へ降ったであろうよ。最悪の場合でも、私とおまえの首をつければブリダイン家は安堵されよう、と」

いくらふたりきりの場であるとはいえ、臆面もなくそう宣言してしまうのがリネットの政治の師でもあるブリダイン公爵だ。

「今にして思えば、それはいささか甘い見通しであった。アルトリウスを名乗る者は、はたして王の血に連なる者に対してどれほど寛大であろうか。現状から見て、あのときのおまえの行動は正しかった。この先も正しくあって欲しいものだ」

――蹴りのひとつでも入れてやろうかしら。

きつく睨む。あとで母に告げ口しようとかたく心に誓った。父の数少ない弱点のひとつは、恐妻家であるということだ。

しかし確かに、ブリダイン公爵が「あの者がいるならば」と言うほどに、ティグルへの期待はおおきいのだ。ティグルヴルムド＝ヴォルンが先頭に立ち敵軍の竜を始末することは、戦術の要であった。

　すべての前提である、といってもいい。神器でなくては竜の鱗を貫けない。リムとギネヴィアの神器はそれに適さない以上、ほかの方法は次善の策として考えるしかない。

「竜の鱗を用いた武具が完成していれば、また話は変わるのですが」

　ギネヴィアの持つ神器の小杖を用いて竜の鱗を加工し槍をつくるというアイデアは、ギネヴィアが多忙で、かつひどく不器用であったため、遅々として進展を見せていない。本来、裁縫などの手仕事すら侍女に任せるような身分なのだ。不器用が問題になるような場面など、誰も想定していなかった。このことに関してギネヴィアを責める気は起きない。

「殿下が適当に裁断したものを盾として、鎧の一部として運用する目途が立っただけでも、よしとするべきだろう。いずれにしても、おおきく戦場を変えるような発明ではないと軍では判断された。今後の研究が進めばまた話は変わってくるだろうが……」

　ブリダイン公爵は、多忙な中で自分の配下の一部を割き、竜の鱗の研究班をつくりあげていた。報告はリネットの耳にも入っているが、芳しい成果は上がっていない様子である。

「竜と共に脅威なのは、敵軍の神器持ちです」

「報告は受けているし、山の地形が変わった一件については私も現場を見ている。信じがたいことだが、受け入れるほかなかろう」

ギネヴィア、ティグル、リムという神器持ち三人を相手に互角に渡り合ったという、円卓の騎士パーシバルを名乗る男との戦いの顛末は、彼もよく承知していることだった。なにせあのとき、ティグルたちがパーシバルを阻止していなければ、ブリダイン公爵の軍がパーシバルに襲われていたのであるから。

「あのような凄まじい破壊の痕を見せられてはな」

問題は、パーシバルの持つ赤黒い手斧が、もし伝承にある赤竜からつくられた五つの武具のひとつであるなら、同じようなものがあと四つあるはずだということであった。弓の王を名乗る者が持つ弓もそのひとつであるとして、あと三つ。

山々を消し飛ばすような武具がもし戦場で振るわれたなら、それは竜よりさらに恐ろしい災禍を振りまくことだろう。

「ですが、今回ばかりは、ギネヴィア殿下には留守を守っていただきたいのです」

ギネヴィアは自分も出陣するべきだと強く主張したが、家臣たちの懇願によってそれは叶わなかった。

彼らは、ギネヴィアがこれまで潜り抜けた死線を知らない。無力な深窓の令嬢だと思い込んでいる。そもそも、もはやアスヴァール王族には担ぐべき者がほかにいない以上、彼女に万一のことがあっては目も当てられないのだった。

彼らの論理は間違っていないし、リネットも気持ちとしてはその意見に賛成である。いや率直に言って大賛成である。

それでもパーシバルとの戦いに彼女を送り出したのは、勝利のために必要だと信じたからだし、結果的にそれは正解だった。

ティグルも、ギネヴィアがいなければ自分たちはあの場で死んでいただろうと証言している。赤黒い武器の使い手とは、蘇った円卓の騎士とは、それほどの相手なのだ。いささかも油断はできない。

今回、諜報組織の報告でも敵軍の指揮官が未だ判明していないのも気になるところだ。

「おまえがそれでいいというなら、そうなのだろうな。この件に関しては、私では判断できぬよ」

公爵は言った。まっすぐにリネットを見つめてくる。本当にそうなのか、と問うているような気がした。

ただギネヴィアを目先の安全のため隔離しているだけではないのかと、無言で問うてきているような気がした。

――確かに、私はこの件に関して感情的になっているのかもしれません。

リネットの確信は揺らぐ。円卓の騎士が赤黒い武器を手にして戦場に現れるなら、どれほど危険であろうともギネヴィアを前に出すべきなのかもしれない。無論その場合、リムとティグルをその傍に立たせ、三人揃っての運用が前提となるが……。

いや、やはり駄目だ。パーシバル戦と違い、乱戦のさなかではギネヴィアの身の安全を保障できない。

「殿下は戦の素人、剣もろくに扱えぬのです。みだりに戦場に連れ出すなど論外」

ギネヴィアも忙しい執務の間を縫って最低限の護身術を学んでいる最中ではあるが、それでもいまの彼女が前線に出ては、逆にティグルたちの足手まといとなるだろう。たいへんに筋がいい、いずれは超一流の剣の使い手となるかもしれない、と王女殿下に剣技を教える者がお世辞ではなく感嘆していたものの、たった数か月で身につく技量などたかが知れているとリネットは知っていた。

かといって、戦力の不足は致命傷となりかねない。二律背反(にりつはいはん)に囚われ、父から視線をそらす。ひとつおおきく深呼吸する。

「ですが――どのみち、この戦いに勝たねば万策尽きますか」

決断を下した後は、早かった。賭け事は好きではないが、得意な方という自覚はある。賭けで重要なのは必要な札を必要なときに投入する勇気だ。

「ありがとうございます、お父様。私は今から殿下のもとへ参ります」

「おまえひとりで、か」

「ええ。お父様は、しばしここでお待ちを」

そして、切り札はギリギリまで隠し通すと決めた。

全ての責任は己の双肩に。そう、覚悟を決める。

†

デンの町から南に二日の平原が、会戦の舞台となった。

北から現れたのはギネヴィア派の諸侯連合軍、五千名近く。総指揮官は、竜殺しのふたつ名を持つティグルヴルムド＝ヴォルン。

南から進軍し陣を敷いたのは、偽アルトリウス派の約四千名。指揮官は、不可解なことに未だ不明であった。偵察隊からの報告では、南方の諸侯の旗が日替わりで先頭に立っているとのことである。落伍した敵軍の兵を尋問したところ、とりあえず兵を進めろという命令だけがコルチェスターから届いたらしい。

兵站については万全で、国庫の備蓄を惜しみなく供出しているため末端兵士に不満は少ない。ただ、上の方では諸侯の戸惑いがひどく、特に三体の竜の扱いを任された者たちは戦々恐々となっているとか。

地竜と呼ばれるこの大型の竜は、最初、たいへん気性が荒かったのだという。飼育係が近づくこともできず途方に暮れていたところ、赤黒い弓を持った人物が現れ、まわりの兵士の忠告を無視して無造作に地竜たちに近づいた。

とたん、地竜たちは唸るのをやめ、頭を下げてこの人物に這いつくばった。この人物は竜たちの頭を順番に撫でると、見張りの兵士たちにいくつか指示をした。

「餌には生の肉をたっぷりとやってくれ。羊が、ことのほかよろしい」

最後にそう告げて、去っていったらしい。

この話を聞いたとき、ティグルはリムと顔を見合わせ、「あいつだ」と呟いた。知っている人物なのかと共に報告を受けた諸侯が問えば、彼は苦虫を噛み潰したような顔で、飛竜(ヴィーフル)の上に乗ったその人物の襲撃を受けたことがある旨を説明した。

「飛竜に騎乗する弓使い……。厄介(やっかい)な相手だ」

「しかし、竜殺し殿はその者にも勝ったのですな」

諸侯がどよめく。ティグルは首を横に振って、彼らの考えを正した。

「リムアリーシャ殿の奇襲を受けた相手が撤退を選んだ、というのが正しいところです。もう一度戦って勝てるかどうかはわかりません」

なんとも正直な返答に諸侯は戸惑い、ティグルは「余計な発言をつけ加える必要はありません」とリムに睨まれた。

かくして、思うように敵軍の情報が集まらないまま、会戦を迎えることとなる。

そして当日、敵軍の先頭に立ったのは……。

第１話　会戦

　ティグルは五千名近くからなるギネヴィア軍の総指揮官として、ギネヴィアから下賜された白くたくましい軍馬に騎乗し、ぴんと背筋を伸ばして、南方に勢ぞろいする敵軍を睨む。

　手には家宝の黒弓が握られていた。左の前腕にはバックラーと呼ばれる円い小盾をつけている。竜の鱗を加工してつくられた盾だ。弓を射る邪魔になるが、試しに使ってみることにしたのは、ギネヴィアに「ティグルヴルムド卿は盾を使わないのですか」と問われたからだ。小盾が少々形がいびつで不格好なことをからかってきた者に、殿下の鱗試しの成果だと教えたところ顔を青くしていたことを思い出し、くすりとする。

　かたわらには相棒にして副官のリムがいる。彼女も白馬にまたがり、神器の双剣を腰に差していた。こちらの馬は、ティグルの馬と兄弟であるらしい。

「まばゆい太陽を正面に戦うよりはいい」

　とティグルは呟く。曇天だった。このアスヴァール島では珍しいことではない。

「雨が降らないといいが……。兵がしっかり動ければ、数で勝るこちらが有利になる」

　せめて天の差配に期待したくなるのは、初めての本格的な会戦で指揮を執らねばならないという心細さからだ。

もっとも、戦いが始まってしまえばティグルにできるのは皆を鼓舞することくらいだ。彼には、地竜を相手にするという他の誰にもできない仕事があるのだから。

周囲を固める諸侯が、ざわめいた。

敵軍の陣からただ一騎、進み出る者がいる。ぴんと背を伸ばして騎乗するその若い女は、艶のある黒髪を輝かせていた。赤黒い小剣を両手に一本ずつ握っている。

「陛下からこのたび新たな円卓の騎士として任じられた、アレクサンドラである」

右手の剣を高く掲げ、凛と響く声で、女は告げた。流暢なアスヴァール語だった。

「あの方は……。そんな、まさか」

ティグルの傍に立つリムが、呆然としている。

「彼女を知っているのか、リム」

「レグニーツァ公国を治めていた戦姫、でした。ですが彼女は一年前に亡くなったはず」

「また、死者が蘇ったという話か」

ティグルは呆れてみせた。諸侯の手前、せいぜい不敵で動揺のない様子を見せることができればと願う。リムはひどく落ち着きがない様子でアレクサンドラと名乗った女を見つめているから、なおさら自分が落ち着かなければならないと気を張った。

しかし、レグニーツァとは。ティグルとリムが二か月前、ライトメリッツから一軍を率いて救援に向かったのが、他ならぬレグニーツァであった。かの公国は戦姫が死去した後、ライトメリッツの戦姫、つまりリムの本来の主であるエレオノーラが代理で治めていたのである。

その亡くなったという戦姫が、今、彼らの目の前にいるというのか。

「戦姫といってもいろいろだろう。強いのか」

ティグルがそう訊ねたのは、まさか彼が知るエレオノーラ、あの卓越した剣士ほどではなかろうと思ってのことである。

リムは沈痛な表情だった。

「エレンを含めた戦姫三人がかりで、アレクサンドラ様と模擬戦をしたことがあります。アレクサンドラ様の圧勝でした。私もエレンも傭兵として各地を転戦しましたが、あれほど強い者を見たことがありません」

「戦姫三人がかりで負けた？　まさか」

「私はその勝負を見ていました。模擬戦とは言っても、全員、せめてアレクサンドラ様に一矢報いようと本気で戦っていました」

とんでもない話だなとティグルは唸った。

赤黒い武器の持ち手が戦場に現れることは、当然、想定されている。神器持ちが出てきた場合、ティグルはまず地竜三匹の排除にあたり、その間はリムが相手の神器の使い手を抑える手筈となっていた。

ほかにも五名ほど、腕利きの剣士を諸侯の軍から選りすぐり、特別部隊を編成している。彼らには竜の鱗でつくった盾を持たせていた。相手が赤黒い武器でも多少は頼りとなるはずだ。

　そのはずだった、のだが……。

　リムが己の馬の手綱を強く握る。

「彼女の相手は私がします。無理はしません。時間を稼ぐだけです」

「できるのか」

「いまの私には、このふた振りの剣があります」

　リムは腰の鞘に収まった赤と青の小剣を軽く叩いた。実際にアレクサンドラの戦いを見たことがあるのは彼女だけだ。やれるというなら任せるしかないだろう。

「くれぐれも、無理はするな。他の者と連携して、うまくやってくれ」

　不安は募るが、総指揮官としてはそう言うしかない。

　アレクサンドラと名乗った女は、アスヴァールの王位は蘇ったアルトリウスが継承したゆえ、ギネヴィアにつく者は反逆者であること、いま投降するならば許すというアルトリウスの寛大な言葉を滔々と語った。

　最後に、こちらの竜は腹を空かせている、とも皮肉につけ加える。

　ギネヴィア派からは、ハロルドという体格のいい男が軍馬に乗り進み出て、口上を返した。リネットの長兄、つまりブリダイン公爵の長男である。戦の前の口上については、ティグルがやるべきだったが、諸事情により辞退している。

主に彼のアスヴァール語がまだ充分とは言えないからだ。日常生活では問題ない程度に上達しているものの、高貴な言葉を駆使しての丁々発止のやりとりともなれば、やはりいささか分が悪い。

ハロルドがアレクサンドラと名乗った女に「そもそも、死者が蘇ったなどという戯言を誰が信じる？」と尋ねた。アレクサンドラは笑い、「あなたが聞きたいことはそうではないだろう。なぜ生き返ったのか、と尋ねたいのではないか」と返す。

「あいにくと、それを語るべきは今ではない。アルトリウス陛下は、自らの行動でそれを証明すればよろしいとお考えだ。僕も、その点に関しては同意している」

アレクサンドラはふた振りの赤黒い武器を鞘に納め、供の兵から渡されたひと振りの剣を握った。数打ちと思われる粗雑なつくりの剣を、天高く掲げてみせる。

「我こそはと思う者はかかって来るがいい。円卓の騎士アレクサンドラは、いかなる者の挑戦でも受けてみせよう。僕がこの世に蘇った理由のひとつは、まさにこうして戦場で心残りを拭うためなのだから」

それが、開戦の合図となった。

ギネヴィア派から数名の騎士が飛び出す。ティグルは部下に角笛を吹くよう命じた。偽アルトリウス派の諸侯も指揮官を守るべく駆け出している。

敵軍からも角笛の音が聞こえてきた。

両軍、中央で先頭に立つ槍騎兵たちが土煙をあげて突撃し、ぶつかりあう。

戦場に鈍い音が響き渡った。多くの悲鳴と呻(うめ)き声があがる。続いて歩兵が追いつき、たちまちのうちに両軍入り乱れての乱戦が平原の中央で展開される。

「弓矢から始まると思ったが、意外なことになりましたな。待機させていた長弓部隊が無駄になるかもしれません」

ハロルドの馬がティグルの横に並んだ。

「いっそ、長弓で竜を狙わせてみますか」

「ただの弓では竜の鱗を貫けません。長弓兵を使う場面は必ず来ます。ハロルド殿、指揮権を預けます」

「承りました。ご武運を」

ティグルはハロルドと別れて、地響きを立てて前進してくる地竜に馬を向けた。

敵軍としては、乱戦になる前に地竜を投入したかったに違いない。だがすでに、両軍の兵士は入り乱れてしまった。敵軍にはまともな指揮官がいないのだろうか。

いや、ああしてアレクサンドラが挑発したということは、わざとなのだろう。弓の王を名乗る者がティグルのことを報告しているなら、その判断もわかる。竜はこちらの目を惹(ひ)きつけておくための囮(おとり)なのだ。敵が恐れるのは、ティグルが指揮官を次々と射殺していくことなのだろう。それを阻止するためだけに地竜を突撃させてきた。

そこまでわかっていても、地竜たちを放置するわけにはいかない。

「手を貸してくれ、善き精霊モルガン」

弓に矢をつがえると、左手の小指にはまった緑の髪の指輪が淡い緑の輝きを放つ。モルガンの励ます声が聞こえたような気がした。

「まずは先頭からだ」

ティグルは弓弦を引き絞り、突進してくる地竜に狙いをつけて、射る。

黒弓から放たれた矢は唸りをあげて地竜の額に吸い込まれ、激しい爆発を起こした。地竜の頭部は微塵に粉砕され、その巨体は走り出したときの慣性がついたまま、数歩進んだあと前のめりに倒れた。

地面が激しく揺れ、土煙があがる。

自軍から歓声があがった。兵士たちが、竜殺しの名を呼び喝采をあげる。

「地竜を討ち取ったぞ！　ティグルヴルムド＝ヴォルンが討ち取った！」

ティグルはこれみよがしに黒弓を掲げてみせる。

今はこれが自分の役目だ。否応なく兵士たちの士気があがる。中央での兵と兵のぶつかりあいはギネヴィア派が優位に進んでいるようだった。

——問題は、精鋭か。

ちらりとアレクサンドラの方を見た。彼女に突撃した騎兵たちがいいようにあしらわれ、剣一本でまたたく間に斬り殺されていく。

何人かは竜の鱗の盾を持っていたのだが、圧倒的な技量の前には気休めにしかならないようだ。彼女のまわりだけ、異様な雰囲気となっていた。

「一斉に突撃しろ！　馬を狙え！」

数名の騎兵が、タイミングを合わせてアレクサンドラに突進する。アレクサンドラはそれに対して、にやりとするや馬の上に立ち上がる。

「いったい、何を」

ティグルが注視するなか、彼女は軽快に跳躍してみせた。一瞬遅れて、アレクサンドラの乗っていた馬に騎兵の槍が突き刺さる。だがそのとき、すでに彼女の姿はなかった。

どこにいったのか、と騎兵たちが左右を見まわす。その答えは、ひとりの騎兵の悲鳴によって明らかとなった。アレクサンドラは自分に向かって突撃してきた馬の背に飛び移るや、騎乗していた騎士の首を刎(は)ね、馬を己のものとしてしまったのである。

残りの騎兵は顔を見合わせたあと、仲間の仇(かたき)とばかりに新しい馬を手懐けるのにてこずるアレクサンドラに対して再度、突撃をした。だがアレクサンドラは、ふたたび馬の背から跳躍、別の騎兵の頭を蹴って、さらに角度を変える。おそるべき身軽さで馬から馬へと飛び移っては、騎士を蹴落とし、喉(のど)を掻(か)き切り、相手の槍を奪って別の騎士に突き刺した。己に向かってきた者たちを片っ端から始末していく。

「まるでリスだ」

思わず、呟く。あまりにも人間離れした動きだった。

「弓だ！　離れたところから矢で殺せ！」

誰かが命じた。今度は彼女の馬に向かって無数の矢が飛来する。アレクサンドラは無造作に剣を振るった。己と己の乗る馬に当たる矢だけが、正確に切り払われる。ただの一矢さえ、彼女と彼女の馬には届かなかった。

「なんだ。なんなんだ、あの女は！　なんなのだ、円卓の騎士とは！」

隔絶した技量と運動能力に、しばし、誰も手が出せない状態ができてしまう。アレクサンドラのまわりだけ、ぽっかりと穴が開いたように空間ができてしまった。

「アレクサンドラ様！」

そこにリムが飛び込んだ。アレクサンドラになにごとか話しかける。アレクサンドラの方も片眉を吊り上げて、馬の手綱をとるとリムの馬と正対する。

アレクサンドラはどうやらリムがここにいることに驚いているようだった。敵軍が得ている情報はあくまで竜殺しのティグルヴルムド＝ヴォルンのみで、リムの存在は完全にイレギュラーだったということか。

――あれなら、時間稼ぎはできるな。

リムを信じて、ティグルは次の矢をつがえた。残る二体の地竜は、先頭の個体が倒れたことに驚いたのか歩みを緩めている。

よく狙いをつけて、射る。精霊モルガンの力によって解放された黒弓の一撃は、向かって左手の地竜の左前脚を貫いた。

この地竜は前のめりに頽(くず)れ、迂闊(うかつ)に近づいていたもう一体の地竜にのしかかる。のしかかられた方は怒りの唸りをあげ、味方のはずの怪我をした地竜を蹴った。

怪我をした方もこれに激昂したのか、反撃を始める。かくして戦場のはずれで二体の地竜が暴れだすという惨事が発生した。

無論、ギネヴィア派にとってはこれ以上ない好機だ。偽アルトリウス派は味方のはずの竜が自分たちのそばで暴れだすという状況に戸惑い、また不幸にも地竜の近くにいた部隊は身の安全のため逃げなければならず、戦うどころではなくなってしまった。

「ハロルド殿、敵軍を地竜の方へ。長弓部隊はまわりこもうとする騎馬を牽制(けんせい)、敵の戦線を混乱させてください」

ティグルは指揮権を預けた彼に近寄り、指示を出した。

「余計な指示であれば無視してください」

「いいえ、助かりますな。ティグルヴルムド卿は戦場全体がよく見えておられる」

ハロルドが大声で叫び、伝令を使って諸侯にこの命令を徹底させる。同時に、自分たちはけっして地竜に近づかないようにともつけ加える。

まあ、よほどの酔狂でもなければ、あのような巨大な生物が暴れる場所に寄っていくことはないだろう。

調教師なのだろうか、地竜の足もとで懸命の呼びかけを続けていた数名の男たちが、無残に踏み潰された。巨大な獣たちは自分たちの下で死んだ蟻のごとき者たちのことなど気にもとめず、互いを引きずり倒そうと暴れ続ける。

二百アルシン（約二百メートル）以上離れたティグルのいる場所でも地面が激しく揺れ、馬が怯えた。敵味方の騎馬が立ち往生する。味方の精鋭が敵中で孤立してしまった。

「竜鱗の盾を持った部隊で、あの精鋭部隊を助け出させてください」

「ティグルヴルムド卿は、どちらへ」

「救出を援護します」

ハロルドに告げ、ティグルは馬の腹を蹴った。

前進する馬上で、精鋭騎兵に殺到する敵兵に向かってたて続けに矢を放つ。

血気にはやった敵兵から倒れていくことで、混乱が生じる。その隙に竜の鱗を切り抜いた大盾を掲げる部隊がハロルドの命令で突入し、立ち往生した騎兵を救出してのけた。

危ないところで精鋭を失わずに済んだかたちだ。

──これじゃ普通の戦はできないな。経験豊富な騎士ほど戸惑っている。

その混乱をつくり出した張本人はティグルなのだが、彼としても大地がここまで震動し馬が怯えるのは想定外だった。馬とはもともと臆病な生き物であり、調教した軍馬であっても極度の環境の変化には弱いと、知識として知ってはいたのだが……。

特殊すぎる戦場に、敵も味方も戸惑っている。

地竜たちはまだ暴れていた。これでは騎兵の集団運用など夢のまた夢だ。そもそも、この戦場においてもっとも重要なのは……。

ティグルは己の馬をなだめ、馬首を巡らせてアレクサンドラを捜す。

いた。いつの間にか、リムとアレクサンドラは戦場を外れ、小高い丘の上で一騎打ちをしていた。

リムと共にいた五名の腕利きたちの姿はない。おそらく、アレクサンドラの刃に倒れたのだろう。アレクサンドラは赤黒い武器を抜かず、借り物の剣一本でそれを為したようだ。あげく、いまも数打ちの剣で、神器の双剣を用いるリムを相手にしている。兵士たちの目には互角の戦いに見えるかもしれないが……。

「遊ばれているな」

ティグルはすぐにその事実に気づく。もしアレクサンドラにその気があれば、リムの首はとうに刎ねられていたことだろう。

そうなっていないのは、リムが戦いながら、なにごとか彼女に話しかけているからだ。時間稼ぎと同時に、いったいどうしてレグニーツァの戦姫だったアレクサンドラが敵国であるアスヴァールにいるのかとでも尋ねているのだろう。

そもそも、とティグルは改めて考える。自分とリムがこの島にたどり着くことになったきっかけは、アスヴァール海軍がレグニーツァの近海までやってこようとしていたからである。その海軍を指揮していたのは偽アルトリウス派だと判明した。

つまりアレクサンドラは、己が戦姫をしていた地に攻め込む一派に加担していたということになる。リムの親友にして本来の彼女の主である戦姫エレオノーラは、親友であるアレクサンドラの遺言に従い、レグニーツァを守るため立ち上がった。リムとしてはひどい裏切りを受けた気分に違いない。

「俺はリムアリーシャ殿に加勢してくる」

「ご武運を、ティグルヴルムド卿。リネットを悲しませないでくれよ」

「勝手に話を進めるのはやめてください」

ティグルは苦笑いしつつブリダイン公爵の長男に後を託し、神器持ちたちが戦う丘へ馬を向けた。戦場の喧騒から遠ざかり、リムとアレクサンドラの声が聞こえてくる。会話はジスタート語で行われていた。

「エレンはあなたのことを信じていました。あなたのためなら、と身を削ってレグニーツァを守ってきたのです。アレクサンドラ様、どうかあなたのお気持ちを聞かせてください！」

「エレンにはすまないと思っている。うん、これは本当なんだ。でも同時に、アルトリウス陛下の命令に従うことも正しいと思っている。僕にはやらなければならないことがある。だから蘇った」

「やらなければならないこと、とはなんです。それはエレンとの友情よりも大切なものなのですか」

アレクサンドラは押し黙り、馬を下げた。リムも間合いをとる。アレクサンドラが、馬で丘を上がってくるティグルの方を向いた。

「来たね、今代の弓」

「前もその言葉を聞いたが、それはどういう意味だ」

「その黒弓を扱う人物という程度の意味、なのかな。僕も詳しくは聞いていない。弓の王は気まぐれでね。陛下は色々とご存じのようだが」

陛下、というのはアルトリウスを名乗る男のことだろう。弓の王とは、山中でティグルたちを襲った、飛竜(ヴィーフル)に騎乗する弓手のことだ。

「今代の弓。君にだけは油断するなと、陛下からそう仰せつかっている。僕もこれを使わせてもらおう」

アレクサンドラは数打ちの剣を捨てて腰の赤黒い双剣を抜いた。右手と左手の剣は、どちらもリムの剣と同じくらいの長さだ。

「俺にはティグルヴルムド＝ヴォルンという名前がある」

「覚えておこう、ティグルヴルムド卿。そうだ、パーシバルの最期を聞いておきたい」

「手斧の力が暴走したように見えた。理性もなく仲間を殺し、己の力を際限なく引き出そうとしていた。その赤黒い武器は危険なものじゃないのか」

「やはりね。それくらいのデメリットはあるんじゃないかと思っていた。陛下も酷なことをする」

赤黒い武器を彼女に渡したのはアルトリウスを名乗る男なのだろうか。アレクサンドラは会話の中で思った以上にヒントをくれている。これはどういうことなのだろう。

「さて、話は終わりにしよう。お互い、仕えるべき主、果たすべき使命があるということは明らかになった。あとは戦うだけだ。竜殺し殿、遠慮なく撃ってくるといい。決別の合図としよう」

「参る！」

ティグルは左手の小指の指輪が淡く輝いていることを確認したあと、黒弓に矢をつがえ、放った。轟音と共に放たれた矢は旋風を伴いまっすぐアレクサンドラに向かって飛んでいく。

さきほど地竜の頭を一撃で破砕した矢だ。

アレクサンドラは、その矢を無造作に右手の赤黒い剣で弾いた。

ティグルの目では追いきれないほど鋭い一撃だった。弾かれた矢は宙を舞い、上空で爆発を起こす。鉄の矢じりが無数の塵となってぱらぱらと舞い落ちる。

「やはり、この身体は膂力があるね。実に使いやすい身体だ」

アレクサンドラの呟きを聞いて、ティグルはぞっとした。生前の彼女は死病に侵された身でありながら、エレオノーラたち三人の戦姫を同時に相手として勝利するほどの腕であったという。蘇った今は、その腕前に常人とは思えぬような膂力が加わったということか。

それに続くアレクサンドラの言葉は、さらに衝撃的だった。

「でも、僕を倒せないなら君たちは絶対に陛下には届かない。あのかたの武は僕などよりはるかな高みにある」

リムの馬が、一歩、あとずさった。

ティグルは言い知れぬ圧迫感を覚え、矢筒から三本まとめて矢を抜く。

「善き精霊モルガン、もっと力を貸してくれ！」

ティグルは三本の矢を立て続けに放った。まったく同じ軌道で、一本を切り払っても次の一本が相手の心臓を射貫く。そのはずだった。さらにリムが馬の腹を蹴り、前に出る。左右の剣が青と赤に輝いた。

「いい連係だ」

アレクサンドラは笑みを浮かべてその一斉攻撃を引きつけると、まず右手の剣でティグルの矢の一本目を切り払った。矢じりが四つに砕かれ、そのうちふたつが後方の矢を襲う。残るふたつはリムの左右の剣を襲った。

ティグルには一閃にしか見えなかったが、彼女は瞬時に二度、刃をふるったのだ。

正確に制御された矢じりの残骸(ざんがい)は、まずティグルの放った残りの矢を粉砕し、爆発させる。矢の破片がティグルの眉間(みけん)に飛んできた。ティグルはとっさに左腕の小盾を掲げ、顔をかばう。かん高い音が耳もとで連続して響いた。

ティグルは身を低くしてリムの状況を確認した。爆発からひと呼吸置いて、リムの両手から剣が弾かれたところだった。青い剣と赤い剣が宙を舞う。

——リムが危ない！

ティグルは慌てて次の矢を矢筒から引き抜く。だがティグルが弓を構えるより、アレクサンドラの馬がリムの馬に近づく方が先だ。リムは無防備で、呆然としていた。

リムが気づいたときには、すでに目の前にアレクサンドラの姿があったのだろう、顔を恐怖に歪め、目をおおきく見開く。

「リム！　逃げろ！」

ティグルは叫んだ。無駄だとわかっていても叫ばざるを得なかった。二頭の馬が交差する刹那、アレクサンドラの左手の剣がリムに迫る。

その瞬間である。

アレクサンドラの背の中空に、突如として影が現れた。

影の振るった黒い鎌がアレクサンドラの首筋を襲う。少し離れたところから見ていたティグルにしても完全に不意を突かれた、何が何だかわからないその一撃を、アレクサンドラはリムへの攻撃を断念し馬を捨てて地面に転がることで回避する。

突如としてその場に現れたのは、ひとりの女だった。おおきな鎌を手にした、清楚な印象の女だ。戦場には似つかわしくない、薔薇で飾られた純白のドレスの裾が舞う。艶のある長い黒髪が、夜の海のように揺れた。宮廷のパーティが似つかわしい、いっけん深窓の令嬢のような細い腕が、身の丈ほどもある大鎌をどっしりと構えている。紫色の双眸は、アレクサンドラをまっすぐに見据えていた。不意の一撃を避けられたことがよほど悔しかったのか、その口もとがきゅっと引き結ばれる。

「完全に不意を打ったつもりでしたが、流石ですね」

「まさか、君が来るとはね、ヴァレンティナ。空間を渡るエザンディスの力か。今のはよかった。危うく首を飛ばされるところだった」

ヴァレンティナ。確か、リムの授業で聞いた名前だ。ジスタートの戦姫のひとりであったはず。しかし彼女は、エレオノーラとあまり仲がよくない戦姫のひとりであるとも聞いた気がする。

――彼女の領地はライトメリッツからかなり遠いから、直接のやりとりはあまりなかった、という話だったか。

ティグルはめまぐるしく変わる状況のなか、そんなことを思い出していた。しかしそのヴァレンティナの返事は……。

「エレオノーラに土下座されて仕方なくはるばるアスヴァール島まで赴いてみれば、まさか死者が歩いているとは」

であった。

「その剣の冴え、本当にアレクサンドラ＝アルシャーヴィンなのですね。この島は、いつから冥府となったのです」

「アルシャーヴィンは死んだんだ。今の僕は円卓の騎士だよ。不意の一撃で僕を殺せなかったのはよくなかった。もう君に勝ち目はない」

鎌の追撃を避けながら、アレクサンドラは涼しい顔でそう宣言する。

左手の剣を軽く振るった。

次の瞬間、ヴァレンティナの腹が深く切り裂かれ、鮮血がほとばしる。

だがヴァレンティナは負傷してなお、不敵に笑った。

「いいえ、私たちの勝ちです」

はっとアレクサンドラが宙を見上げる。天高く舞い落ちてきたリムの青い剣が、急に加速し、軌道を変えてアレクサンドラを襲ったのだ。

「神器の力か！」

それでも驚くべき瞬発力で身をひねり、致命傷を避けてみせる。青い剣はアレクサンドラの左の肩をかすめ、地面に深く突き刺さった。

アレクサンドラは草原をごろごろと転がり、充分に離れたところで立ち上がる。その左腕はだらりと下がり、剣を握るだけで精一杯という様子であった。

「エレンとあなたとの模擬戦は何度か観戦させて頂きました。まともな方法では、あなたに攻撃を当てることは難しいとよく理解しています」

「お見事。その青と赤の剣は、今の僕の身体と相性が悪いね」

「ええ、剣があなたを殺せと叫んでいるように思えます。蘇りし死者を殺せと」

リムは赤い剣だけを握り、油断なくアレクサンドラを警戒する。リムのそばでは、さきほど出現した女――ヴァレンティナが倒れていた。

ヴァレンティナを助けたいが、アレクサンドラを野放しにするわけにはいかないのだろう。ティグルとしても、これほどの相手をようやく馬から引きずり下ろし負傷させたのだ、できれば仕留めておきたかった。

無理だろうな、という直感がある。

アレクサンドラは、もう油断しないだろう。負傷したがゆえ、全力を尽くすだろう。そしてティグルたちの側の切り札はすべて使い果たしてしまった。

いや、もうひとつ切り札がないことはないのだが……。

と、背後でどよめきがあがる。喝采の声だ。どうやらどちらかの軍がおおきく優勢となったらしい。本来は総指揮官であるティグルと副官であるリムがここにいるのは、作戦の都合上とはいえ申し訳ない限りだが、地竜は実質的に無力化しているのだ、あのまま行けばギネヴィア派が勝てるだろう。

問題は、それ以外の要素だ。つまり敵の援軍である。

丘を駆け上がってくる馬の蹄(ひづめ)の音が、右手から響いてくる。ティグルはちらりと顔を横に向けた。両軍の精鋭と思しき騎兵部隊が、競うように丘を駆け上がってきていた。

困ったことに、敵軍の騎兵の方が数で優勢だ。これは序盤にギネヴィア派の精鋭がアレクサンドラに立ち向かい、討ち取られてしまったせいだろう。

ティグルは弓の向きを変え、こちらに駆けてくる敵の騎兵に向かって矢を放つ。ほぼ同時にアレクサンドラも右手の赤黒い剣を振るう。

腹に響く鈍い音と共に、強い風が吹き抜けた。ティグルの放った矢は敵の騎兵に届く前にバラバラの破片となる。アレクサンドラは不可視の刃を放ち矢を砕いたのだ。

彼女は続けて赤黒い剣を振るった。今度の標的はギネヴィア派の騎兵だ。まずい、守らなくては。ティグルは焦ったが、ここからでは間に合わない。

そのときだった。ギネヴィア派の騎兵のうち目深にフードをかぶった小柄なひとりが前に出て、右手をかざす。

小兵の手には、見覚えのある小杖(ワンド)が握られていた。小杖の先を頂点として淡い光が半円状に広がり、見えない刃を弾き返す。

「まさか」

アレクサンドラが目を瞠る。

その小柄な騎兵のフードが、向かい風に当たって剥がれた。黒髪が流れ出る。ギネヴィアその人であった。

「なぜ、あなたがそこにいる！」

敵指揮官の驚きも無理はない。ギネヴィア派の統領が、まさか少数の遊撃隊に隠れているとは誰も思わないだろう。

すべてはリネットの仕込みなのである。彼女の兄たちと父であるブリダイン公爵の部下としてギネヴィアを潜り込ませ、いざという時の切り札とする、という作戦だった。

公式には、彼女はデンの町にいることになっていた。諸侯の大半もそう思っていたに違いない。ティグルとリムは、かろうじて会戦の少し前にブリダイン公爵から教えてもらっていたが……できれば、もっと早く知りたかったと思う。

ブリダイン公爵によれば、ギネヴィアの出番などできればない方がいい、ティグルたちはギネヴィアに頼らぬ作戦を立てて欲しいというのがリネットの願いであるとのことであった。

無論、ティグルたちとてそう思ってはいるし、それでもリネットがギネヴィアを戦場に送った意味もわかるので、文句も言えなかった。

まさにこういう時のためなのだから。

周囲の兵士が聞いている場面では「殿下はデンにおられる」と平然としていたが、内心は気が気ではなかった。

敵が赤黒い武器を握り、ティグルたちの総力をもってしてもあと一歩が足りない場合、あとひと押しをするために必要な駒。部隊にギネヴィアを預けられたブリダイン公爵は、さぞ胃が痛かったことだろう。それでも彼は娘の無茶を聞いた。娘の判断を信じ、戦場を読む己の経験を信じ、いまここにギネヴィアを投入した。

結果、アレクサンドラに傾きかけた天秤(てんびん)は、ふたたびティグルたちの方へ傾いた。

ティグルはふたたびアレクサンドラに弓を向け、黒弓の力を込めて射る。

アレクサンドラはほぼ同時に右手の剣を振るい、見えない衝撃波をティグルに飛ばした。ティグルの矢が破砕される。

ティグルは小盾を腕からむしり取ると、アレクサンドラめがけて投げつけた。アレクサンドラは不意の攻撃にも冷静に応じ、右手の剣で衝撃波を飛ばすと小盾を空中で両断してみせる。

——竜の鱗すら衝撃波で両断するのか！

神器とはそういうものだ、と頭では理解していても、やはり驚きが強い。

だがそれとほぼ同時に、リムが地面に刺さった青い剣を右手で抜いてアレクサンドラに迫っていた。ティグルの無茶な行動は囮であり、時間稼ぎだったのだ。

アレクサンドラは左腕があがらないため、不完全な体勢から右手の剣だけでリムを迎撃する。

二本の剣が激しくぶつかりあい、高い音が響いた。

リムの身体が吹き飛ぶ。ここまでしても、アレクサンドラの剣技に及ばなかったのである。

リムの顔が悔しそうに歪む。

とはいえ、それによって稼いだ時間は値千金だった。絶対に避けられないタイミングでティグルの射た矢が、今度こそアレクサンドラの右の太腿（ふともも）に突き刺さる。

――ついに、届いた。

ティグルはよし、と内心で喝采をあげる。わずかな時も惜しかったため黒弓の力は込められていないが、それでもこれで、彼女の戦士としての力は失われた。ティグルはトドメを刺すべく、次の矢を弓につがえる。

――これで、俺たちの勝ちだ。

その瞬間、またしても動きが生じた。

戦場に、突如として雷が落ちたのだ。曇天が暗雲となっていた。空に紫電が走り、落雷によって敵味方問わず犠牲者が出る。

混乱が生じた。

明らかに、自然発生のものではなかった。どこからか、神々の怒りだ、という声があがる。

円卓の騎士が嘆き悲しんでいるのだという声も聞こえてきた。

一般の兵士は信心深い。非常識な状況に神や精霊の介入を想像しても不思議ではない。とはいえ、これは……。

「敵の神器、なのか」

ティグルは途方に暮れる。

戦姫の扱う竜具(ヴィラルト)には自然の力を操るものもあると聞いたことはあるが……。神器にしても、いささか想像を絶しているのではないか。いやそもそも、敵軍にアレクサンドラ以外の神器持ちがいたなら、もっと早く投入するべきではないか。乱戦の中で、敵味方構わず攻撃するような無茶をするくらいなら、先手を取るために利用するのが最上。あるいは自分たちとアレクサンドラの戦いに介入し、神器と神器で勝負をつけるべきではないか。

その躊躇(ちゅうちょ)が、余計な思考が、戦いに隙を生んだ。

多大な犠牲を払って丘を駆け上がった敵の騎兵のひとりがアレクサンドラの身体をかっさらうと、ティグルたちに背を向けて逃げ出したのだ。残る騎兵が盾となり、射線を遮(さえぎ)る。

ティグルはさらに三本の矢を射た。肉の壁となった二名を素早く排除し、残る一矢がアレクサンドラを抱えた騎兵に命中する……寸前。

頭上から落ちた雷が、その矢を焼いた。

「やはり、ふたり目の神器持ちか！」

アレクサンドラを抱えた騎兵は丘の反対側に消える。ティグルは慌てて馬を走らせた。丘の上から見下ろせば、敵軍の隊列から外れたところで、巨漢の男がひとり、不敵な笑みで丘を見上げていた。

男の黒髪のところどころが緑色に染まっている。こめかみから下は白髪だった。革鎧から覗く肌は褐色で、はちきれんばかりに筋肉が盛り上がっていた。

「あいつか！」

褐色の男の右手に紫電が走る。ティグルはとっさに弓弦を引き絞り、矢を放った。雷光がふたりの間の空間を焼き、飛翔する矢が爆発を起こす。おそらく、矢を放っていなければあれを食らっていたのは自分だったのだろう。慌てて、丘の下から見えない場所に身を隠した。

「臆病者め！」

呵々と男の笑い声が風に乗って届く。ギネヴィアの馬がそばにやってきた。

「ティグルヴルムド卿、追撃を禁じます」

「殿下……」

「それより、今は彼女を」

ギネヴィアの視線の先には、倒れたままのリムの姿があった。

「リム！」

はっと気づいたティグルは慌てて馬を下り、倒れたリムに駆け寄った。抱き起こす。鎧に傷はついていたが、幸いにしてそれだけだった。

「無事なのか」

「はい、ティグル」

リムは苦痛に顔をしかめつつも、うなずいた。

「問題、ありません。それより、ヴァレンティナ様を」

ティグルは、リムの言葉に、倒れた大鎌使いの女性を見た。こちらは倒れたままぴくりとも動かない。

馬から下りたギネヴィアが、息を切らせて駆けてきた。

「そちらの方は、いったいどなたですか。窮地を救われるかたちとなりました。味方と考えてよろしいのでしょうか」

「ヴァレンティナ、と呼ばれていました。どこに隠れていたのか、突如としてこの場に現れたのです。リムとアレクサンドラの知り合いのようでした」

「なるほど、戦姫、ですね」

理解が早い。ギネヴィアは、倒れている女の大鎌をじっと見つめたあと、ついてきた兵士に振り返った。

「彼女の治療を。絶対に、死なせてはなりません。賓客（ひんきゃく）と心得なさい」

そう、指示を下す。

叩きつけるような雨が降ってきた。

†

兵士の報告によると、あの雷を操る男はいつの間にかいなくなっていたようだ。敵軍は撤退し、ギネヴィア軍はブリダイン公爵の指示のもと鬨(とき)の声をあげた。

かくして、総勢一万人近い大会戦は、偽アルトリウス派の敗北によって決着がついたのである。

雷による犠牲者を含め、ギネヴィア派の死者は五百人足らず、負傷者は千三百人余り。対して偽アルトリウス派の死者は千人以上で、おびただしい負傷者を出したという。加えて偽アルトリウス派は、地竜三体を失った。同士討ちをした地竜二体は共倒れとなったのだ。

それでも、偽アルトリウス派が得たものは大きい。ギネヴィア派は今回の戦いで死力を尽くした結果、しばらく軍団の再編制に追われることとなる。多くの名のある騎士がアレクサンドラによって討ち取られたため、指揮官の不足は死者の数以上に深刻であった。

偽アルトリウス派は多くの兵を失ったとはいえ、彼らは大陸に手を伸ばし、そちらの支持をとりつけることで兵力の回復が可能だ。

アスヴァール王国は大陸側に主な軍団を配置し、その総兵力は六万を超える。その一割が島に渡るだけでも、今のギネヴィア派にとってはたいへんな脅威であった。

つまり、偽アルトリウス派は多大な犠牲と引き換えに、何よりも貴重な時間を稼ぐことができたのであった。

対してギネヴィア派は、時と引き換えに勝利と名声を得た。

一応の勝敗はついたが、最終的にどちらが得をしたかわかるには、しばしの時間を要するだろう。

以上が、会戦の結果となる。

アスヴァール島の情勢は、未だ混沌(こんとん)としていた。

日が暮れる。ティグルは、積み重なった死体を前に祈りを捧げた。

今日、彼の配下で戦った者たちだ。乱戦になったにもかかわらず死者五百名足らずは奇跡的な数字だと、ハロルドが言っていた。なにせアレクサンドラだけで五十名近くは殺されている。リムが抑えにいかなければ、被害ははるかに拡大していただろう。

地竜だって、ティグルが早々に無力化しなければこちらの陣を蹂躙していたはずだ。

ティグルは推定される被害を極小化した。これ以上は望めない戦果であった。

だからといって、彼らが死んだことにかわりはない。

死者の中には言葉を交わした者の姿もあった。特に騎士の何人かとは、酒を酌(く)み交わした仲であった。険悪に睨みあった者がいた。ティグルの弓の腕を褒めてくれた者がいた。

ティグルは故郷の神々に彼らの魂の安らぎを祈願した。遠いこの地でブリューヌの神々が祈りを聞き届けてくれるかどうかはわからないが、それでも祈らずにはいられなかったのだ。

「これからも、戦いのたびに祈るのですか」

いつの間にか、リムが横にいた。ティグルはうなずく。

「何度でも、祈るよ。俺にできることなんて、それくらいだ」

「その優しさは、善きことだと思います。ひとに寄り添える価値観の持ち主であるのは、嬉しく思います。ですが、指揮官はときに鈍感であらなければなりません。味方を殺すことをためらい機を失うこともあると、そう心得てください」

「肝に銘じるよ」

今回、ティグルは総指揮官ではあったものの、実際には大半の時間、個人として戦っていた。そういう戦いだった、といえばそれまでだが、ティグルの真価が試されるのは次以降に持ち越されたということだ。

「もっと」

ティグルは拳を握る。

「もっと、精進しなければ」

強く、そう誓った。

†

ティグルたちがデンの町に戻ってから数日が経過した。リムは初日、二日目と少し歩いてはすぐ横になるほど疲労していたが、三日目には元気を取り戻していた。

「神器の働きは未知の部分が多く、双紋剣(カルンウェナン)は記録にも残っていない武器です。私たちは、もっと注意して神器を扱う必要があるのかもしれません」

双紋剣がリムの体力を使い、あの超常的な力を行使したのかもしれない、とギネヴィアは推察した。ティグルの黒弓には善き精霊の加護がある。ギネヴィアの神器はよくわからないが、こちらも同様、何らかの代償が働いている可能性はあった。

アレクサンドラとティグルたちの戦いに乱入した戦姫ヴァレンティナは、アレクサンドラの反撃で深手を負い、血を流しすぎたせいか、あれからずっと眠り続けていた。

幸いにして内臓に損傷はないようで、傷口も綺麗だったため縫い合わせた痕も残らないだろうとは手当てをした医師の言葉である。

眠り続けているのはアレクサンドラの神器の影響かもしれない、とギネヴィアは言う。今回、リムはすんでのところでアレクサンドラの攻撃を受けずにすんだが、もしひと太刀を浴びていたら、と思うとぞっとする。これから先も神器持ちとの戦いは起こるだろう。充分に注意して対処する必要がある。

ヴァレンティナを手当てした際、一通の書簡が発見されている。

リムアリーシャへ、と宛名が書かれたその書簡の文字を見て、リムは「エレンの文字です」と即答した。

ティグルもギネヴィアも、中を見るのはリムに任せた。

ひとりになって書簡に目を通したリムは、しばしののち、少し赤くなった目でティグルたちの前に戻ってきた。いつも冷静で感情を顔に出さない彼女だが、心なしか頬が紅潮しているように見える。

「その、リム。報告は後日でもいいぞ。今日はもう……」

「いいえ、だいじょうぶです。ジスタートは現在、上陸したアスヴァール軍と戦いを繰り広げているようです」

そう告げる声に喜色が混じっているように思えたのは、ティグルの気のせいではないだろう。

「戦姫四名がかりで弓の王を名乗る者と交戦し、かろうじて撃退した、とのことです。あれはいったい何なのか、調査する必要もあってヴァレンティナ様がアスヴァール島を訪れたようですね」

「弓の王。あいつ相手に戦姫が四人で、か」

エレンと同格の者が四人がかりとはいえ、よくもまああの人物を撃退できたものである。

ティグルたちの場合、完全に遊ばれたうえでリムの不意打ちもあって、なんとかというところだった。

あるいは、あちらでもやはり、弓の王が気まぐれな振る舞いでも見せたのだろうか。

「エレンは、ティグル、あなたのことも心配していました」

リムは彼の愛称を呼び、ぎこちなく微笑んだ。

「エレンと合流できればいいのですが」

「難しいな。敵は同じといっても、ジスタートは遠い。あちらのことは、戦姫を信じよう」

「私たちもしっかりしなければなりませんね」

「ああ、そうだな」

ティグルとリムは、どちらからともなく手を差し出した。かたく握手をかわす。

リムの手は温かかった。


一大会戦に勝利したとはいえ、諸侯の動きは思ったよりも鈍かった。

ギネヴィア派の有力な騎士の多くが討ち死にし、偽アルトリウス派の騎士の実力の高さが喧伝されたからだ。個人の武勇を喧伝したところで彼らの敗戦は覆らないが、ギネヴィア派を邪魔する程度の役には立つということか。

偽アルトリウス派の思惑通りにいくものかと、リネットたちは竜殺しティグルヴルムド＝ヴォルンやその副官リムアリーシャの名を宣伝に利用した。

本来であれば戦姫ヴァレンティナがギネヴィア派の加勢に駆けつけたという話も広めるべきであっただろうが、これについてはリネットが慎重な態度をとった。

「彼女が起きるまで、待ちましょう。迂闊な宣伝は、他国の介入があったという嘘偽りに利用される恐れがあります」

すでに円卓の騎士アレクサンドラが元戦姫であるという噂が広まりつつある。ジスタートがこの戦いに介入している、という憶測がいつ諸侯の間に流れても不思議ではない。そんな人物は死んだと言ったところで「死んだという噂は間違いである。現に彼女はいるのだ」と言われればそれまでであった。

一度死んで蘇ったなどという奇天烈な話よりは、死んだという事実が嘘であったと言われる方がよほど真実味がある。

「お互い、相手の裏にジスタートがいる、と宣伝合戦をした場合、不利なのはこちらです。なにせギネヴィア派を立ち上げた竜殺しとその副官がジスタートから来たという話は、古参であれば誰でも知る事実なのですから」

そもそも、とリネットは言う。

「私も最初、殿下の旗揚げの報を聞いたとき、ジスタートの介入を疑ったのですから」

「俺とリムがジスタートの密偵だと思ったのか」

「ご安心を。本人を前にしたとたん、その疑念は消し飛びました。ティグルヴルムド卿はそういった任務に向いた人材ではありません」

　思わず苦虫を噛み潰したような表情になっていたのだろう。リネットはくすくす笑った。

「まっすぐな人物ということです。どこまでも、どこまでもまっすぐ伸びていく大樹のような方です。あなたのような者は、天に輝き、多くの才ある人物を惹きつけます。大樹のような太陽のような英雄よ、どうかこれからも、その樹冠で我らをお守りくださいませ、その光で我が軍を照らしてくださいませ」

「微妙に、褒められているのか貶（けな）されているのかわからないな」

　憮然（ぶぜん）とせざるを得ない。


　全体として、宣伝工作においてギネヴィア派は出遅れていた。

　アルトリウスという名は今も人々に信仰される始祖と円卓の騎士を想起させる。戦場におけるアレクサンドラは、新たな円卓の騎士を名乗り、実際に円卓の騎士の物語に匹敵する活躍をみせた。

　彼女以外にも、アルトリウスを名乗る者の配下に蘇った円卓の騎士がいることは確かである。明確に否定もし辛い。まあ、そのうち少なくともひとり、パーシバルはティグルたちが倒したのであるが……。

　あの山奥の戦いを、ギネヴィア派は宣伝に利用していない。むしろ隠匿（いんとく）した。

　山のかたちが変わるような激闘である。どう考えても、ヒトが起こしたものとは想像できないのだ。下手な宣伝は窮状極まったがゆえの誇張と判断されるだろう、とリネットは諦め顔で告げた。

「ものには限度があります。ティグルヴルムド卿の戦いはその限度を越えているのです。喜んでください。あなたやリムアリーシャ殿、そして殿下は、アスヴァールの建国伝説よりも信じられない戦いを為しました。その功績はぜひとも心の中だけにしまっておいてください。そして人々は、諸侯は、今が伝説の時代ではなく現実であると、乏しい認識のもと暮らしていることをよくご理解ください」

　彼女らしい皮肉たっぷりのものいいに、聞いていたギネヴィアが「さすがリネットですね」と笑いだしてしまったが、ティグルとしては自分たちの潜り抜けた死闘を幻と言われたような気がして、ひどく不満に思ったものだ。

　リネットはそんなティグルを見て、「ティグルヴルムド卿は、自己認識が甘いという美徳をお持ちですね」と真剣な顔で言うのだった。

「どういう意味でしょう」

「よくいえば謙虚だと申しています。あなたは個人で見てもあまりにも卓越した弓の技量の持ち主です。その時点ですでに円卓の騎士の物語に匹敵する叙事詩に謡われる資格があると、そうお考えを。あまつさえ、謎の黒弓を持ち、善き精霊と契りを交わし、神器持ちを打ち破った。

私があなたの物語の詩を批評するなら、少々設定を盛りすぎて真実味に欠ける、と告げるほかないでしょう」

「俺が、真実味のない存在だと？」

「そういえば、ティグルヴルムド卿とリムアリーシャ殿は飛竜の背に乗ってこの島へやってきたのでしたね。この時点ですでに……いったい、どのような英雄譚であればこれほど個人の活躍を盛りつけるのでしょうか。いやはや、それらがすべて現実とは」

リネットは少々大げさに頭を抱えてみせる。

「父など、最初、私が全てを告げたとき、ふざけるのも大概にしろと怒り出したのですよ」

彼女の父親、ブリダイン公爵は初老の老獪な領主だ。若いころは槍試合で鳴らした武闘派で、長じては北方のブリダイン公爵領を差配し先代よりさらに富ませた傑物であるという。同時に、この上ない現実主義者であるとも。

ティグルは、初めて彼と挨拶を交わしたとき、ひどく睨まれたことを思い出した。その背景にはリネットの語るような出来事があったということか。

もっともそのブリダイン公爵も、ティグルが演習で実際に三百アルシン（約三百メートル）先の的を射貫いてみせると、たいへんに興奮し、手を叩いて喜んでみせた。

ただしその後、叫んだ言葉は少々問題である。

「彼こそリネットの婿にふさわしい」

というその叫びによって、現在も時折、ティグルはリネットの兄たちから牽制するような視線を向けられている。

ハロルドを除くブリダイン公爵の三人の息子たちは、年の離れたこの妹が目に入れても痛くないほど可愛いらしい。いずれも恵まれた体格の持ち主で、剣の腕も槍の腕もアスヴァール中に名が知れているという。さきの戦いでも、敵の騎士たちを次々と討ち取り、武名を上げていた。

長男のハロルドだけは例外であった。彼は「あの暴れ馬を手懐けられる騎手がいるなど、想像もしていなかった」と喜んでいるのだが、別にティグルは、そういう誉め言葉を求めていない。

リネットはまた、敵軍の脅威についても語る。

「問題は、今回の戦い、敵側にも伝説の中にしか存在しないような使い手が、ひとりならずいることです。ことに偽アルトリウスですが……」

ギネヴィア派では、アルトリウスを名乗る男を常に偽アルトリウスと呼称している。あれは始祖ではない、それを騙(かた)るものであり、ギネヴィアこそ唯一の正統なる王の後継者であるというのが彼らの拠って立つ理念だからだ。

ところが、この偽アルトリウス、王都コルチェスターに入る前からさまざまな逸話を打ち立てていた。

わずか数人で港町に現れそれから数日で町の人々を魅了し、町を占拠すると一軍を仕立て上げてしまったこと。竜を率いること。円卓の騎士とおぼしき男女を引き連れていること。彼自身、隻腕にもかかわらず決闘で負けなしであること……。

ティグルは、アレクサンドラが、「自分に勝てないようではアルトリウスには勝てない」と言っていたことを思い出す。

アレクサンドラも、おそるべき腕前であった。ティグルとリム、さらには突如として何もないところから現れたヴァレンティナを相手にしてほぼ互角に立ちまわり、ヴァレンティナには致命傷に近い一撃を与えた。

ヴァレンティナは未だ眠りについたままだし、リムは神器の力がなければ致命的な一撃を受けていたかもしれない。

ヴァレンティナがあのときアレクサンドラの背後に現れたのは、彼女の持つ竜具の力であるらしい。

大鎌エザンディス。リムによれば、その竜具は遠くの大地から一瞬で別の大地に現れる能力を持つのだという。距離を無視して跳躍するとはなんとも常識外れな力だが、それを言えばティグルの知る神器のいくつかは常識外れな能力を持っている。

ヴァレンティナは「エレオノーラに土下座された」と言っていたが、はたしてどこまで本当だろうか。彼女がエレオノーラのリムへの手紙を所持していた以上、実際に似たような出来事はあったのかもしれない。

手紙の内容についても、彼女には詳しいことを色々聞かなければならなかった。いずれにせよ、詳しいことはヴァレンティナが目を覚ましてからだ。

幸いにして容態は安定し、あとは彼女自身の生きる力次第であるという。

「ヴァレンティナ様は、病弱を理由に、領地に引きこもっておりました。ですが医師によれば、現在の彼女は怪我以外、健康そのものとのことです」

リムは言う。

「健康なようでいて実は死の病に冒されている……という可能性もありえます。ですが、それよりも私は、彼女が如才(じょさい)ない人物であると判断するべきだと思うのです」

「つまり、食わせ者だから気をつけろということか」

ティグルの身も蓋(ふた)もない言葉にリムがうなずく。ジスタートで海千山千の領主たちを相手にしてきた彼女の言葉であるから、傾聴に値する。

†

ギネヴィア派の旗印に集った諸侯が再編制に追われるなか、総指揮官であったティグルの地位は、一時的に宙に浮くこととなった。

平時の彼はそれに必要な執務能力に欠けると、リネットじきじきに申し伝えられてしまったのである。実際のところ、ティグルには他にできることがたくさんあり、現在、そんな人材を遊ばせておく余裕などないという事情がおおきい。

たとえば、デンに集まった貴族たちは毎日のようにパーティを開いた。これは別に遊んでいるわけではなく、軍団を再編制するうえで人脈づくりが重要だからだ。そしてティグルは、パーティで引っ張りだこだった。誰もが彼の話を聞きたがり、高位の貴族であればあるほど、彼の機嫌を損ねることを恐れた。贈り物についてはすべて断り、酒は飲みすぎず、女には見向きもしないとなればなおさら、顔つなぎのためだけでもとティグルと話をしたい者が列を成すこととなる。その状態はティグルが総指揮官から解任されたあとも続いた。

「疲れたよ。どうしてもパーティに出ないと駄目か」

一度、リムにそう訊ねたことがある。

「駄目です。あなたが神々や精霊の忘れ形見ではなく、ただの人間であり、ただちょっとばかり弓が得意なだけの、人のいい人物であると皆に覚えて貰う必要があります。さもなくば、あなたはいずれ神格化され、円卓の騎士のように崇（あが）め奉（たてまつ）られるでしょう」

それは勘弁だな、とティグルは後ろ頭を掻いた。

論功行賞（ろんこうこうしょう）がいち段落したあと、ティグルはギネヴィアに呼び出され、彼女の手伝いをすることになった。

つまりは竜の鱗剥がしである。討伐した地竜は特別な荷車でもってデンの町の近郊に運びこまれ、この鱗を解体し加工することとなったのだ。

最初は腕の立つ騎士が解体を試みたという。

この騎士が竜の死体めがけて斧を振り下ろしたところ、斧は弾かれ、渾身の力を込めた騎士は痺れた手を抱えて呆然となった。他の騎士も志願したが、槍でも剣でも結果は同じだった。名剣と呼ばれる類いでも、竜の鱗は傷ひとつつかなかった。

やはり、この作業は王家の秘宝である小杖を使う資格があるギネヴィアにしかできないのだと諸侯が納得するまで、まる一日がかかった。

そして王女の護衛としては、鷹の目を持ち赤黒い武器の使い手が襲撃してきても対応できる者以外にありえない。ギネヴィアの側近の人々は、ティグルヴルムド＝ヴォルンの傍から絶対に離れないように、と敬愛する王女殿下に再三再四念を押していた。

山脈の奥の村で少数ながら生産された竜の鱗の盾は、先日の会戦で相応の戦果を挙げている。

腕の立つ騎士を中心に配布された結果、皮肉にも神器持ちのアレクサンドラの手にかかり亡くなった者も多かったが、それ以外の敵兵を相手にしたときはまさしく鉄壁であったという。

今回は早々に乱戦となってしまったが、もし大盾をつくれるならば、長弓に対しても相応の防護を期待できるだろう、と現場からは絶賛の声があがっていた。

故にこその、「ギネヴィアの鱗試し」である。

ギネヴィアは地竜の上からロープで吊り下げられ、汗だくになりながら小杖の力を行使して地竜の鱗を剥ぎ取った。見守っていた騎士たちから驚きの声があがる。ギネヴィアはその場で適当な大きさに切り分けて穴まで開けたあと、それを専任の鍛冶師が恭しく受け取った。

「次に参りましょう。あちらへ」

王女殿下は、得意げな顔で、竜の背からロープを下ろす力自慢の騎士たちに指示を出す。二枚目の鱗が重い音を立てて地面にめりこんだ。また、見物人たちがどよめく。

この作業は数日に及んだ。

見世物ではないどころか周囲は厳重に封鎖されているのだが、物珍しさに町の人々が集まり、見物客を目当てとした屋台が現れた。夜には吟遊詩人は鱗試しの様子を酒場で歌い、わずか数日で、それはデンの町の名物となった。

「物見客を規制し、殿下の鱗試しを歌う者に厳罰をもってあたるべきだ、という意見を諸侯からうかがっております」

ある日ティグルは、リネットからそう告げられた。

「ティグルヴルムド卿のご意見をお聞かせください」

「放っておけばいいんじゃないでしょうか」

ティグルは素直にそう返事をした。

「ギネヴィア殿下をからかうような歌もありますが」

「たとえばどんなもの、かお聞きしてよろしいですか」

「そうですね。竜殺しの英雄と昼も夜も仲がよい、という類いの噂もございます」

平然とした顔でリネットが言うので、ティグルは顔をしかめた。

「あら、宮廷のパーティでは、若い雀たちがもっとはしたないことを囀るものですよ。それに半分は事実でしょう。殿下とたいそう仲良く話をしているところを、幾度も目撃されているのですから」

たしかにギネヴィアは、作業中、しきりにティグルへ話しかけてくる。騎士や鍛冶師が礼儀正しい態度で距離をとっているため他に話す相手がいないというのもあるのだが、何度も死線を共にしたがゆえの気安さというのもあるのだろう。

ティグルとしても、汗にまみれて工作しているときの殿下は話しやすい相手だ。しきりに悪態をつくし、あれを持てこれを支えろと口うるさいが、そういった雰囲気は幼い頃から親しくしていた狩人や、彼らのたくましい奥方たちを彷彿させた。

ドレスをまとっているときと違い作業服姿の彼女はあまり王女に見えず、こちらもついつい気安さが出てしまっているというのもある。そういう光景を少し離れたところから見ていれば、たしかにあのふたりは特別な関係にある、と見えても仕方がないのかもしれない。

特別な関係、といわれればそれが男女の関係になってしまうような界隈では、そうなのだろう。そのような噂話しかできないような者たちは、己のちいさな界隈だけでものごとを考え、それがさも事実であるかのように風説を流布するのであろう。

だとしても……。

「やはり、放っておけばよいのでは。殿下が騎士のために汗を流している事実は、今後、諸侯との交渉でも有利に働くでしょう」

ティグルは少し考えたすえ、そう返事をした。

「ティグルヴルムド卿に、殿下の下履き持ちという評判がつくとしてもですか」

「俺はブリューヌの人間です。いずれこの国を去る者です。その程度の風聞、甘んじて受けましょう」

馬鹿にされてもいい、と重ねて告げるティグルに対して、リネットはやさしい笑みを浮かべ、頭を下げた。

「試すようなことを申しました。念のため申しておきますと、私としては、殿下とあなたが親しくしても特に困ることはないと考えております。竜殺しの血が王家に入るなら、それもまたよろしい」

ティグルは憮然とした表情になる。彼にとってはあまりよろしくない。この深窓のご令嬢、明らかに事態を楽しんでいる。

いや、ティグルがギネヴィアと親密になってもよし、ならなくてもよしということなのだろうか。以前、彼女の方からティグルに結婚しないかと言ってきたのも、同じようなことに違いない。血でつなぐことができるなら上々、そうでなくてもティグルは好意を見せる相手を裏切れない性格だと早々に見抜かれている。

政(まつりごと)に携わる者は天秤がどちらに傾いてもよいように取り計らうもの、とはリムがかつてティグルに言った言葉であった。策は二重、三重、いや四重や五重に張り巡らせるのが当然で、どこかの網に引っかかればそれでよいのだと。そうでなくては、どうして自らのみならず民の生死すら左右するような政策が打てるだろうか。

故に、そういった網のひとつとして、なのだろう。リネットは、ぽんと手を合わせる。

「殿下は英雄譚がお好きです。ティグルヴルムド卿をたいへんに信頼なさっております。民も安堵(あんど)するでしょう。よいことばかりです」

そもそもティグルは、ブリューヌ貴族の息子である。アルサスという辺境の地とはいえれっきとした伯爵家の跡取りである。この戦いもアスヴァールからジスタートへ戻るために、ひいては将来、アルサスの地を治めるための見聞を広める修行に戻るために参加しているのだ。

「俺は、そういった面であなた方の期待に応えることができない」

苦虫を噛み潰したような顔をしていると、リネットはいたずらっぽく舌を出し、「残念ですね。懐柔(かいじゅう)はまた時機を見てといたしましょう」と宣言する。

「諦めてはくれないのか」

「ティグルヴルムド卿は確か、アルサスという地を治める伯爵家の出でしたね。かの地が侵略の危機にさらされ、民は怯え、そんなとき一騎当千の風来の騎士が立ち寄ったとします。どんな手段をもってしても繋ぎ止めようとするのではありませんか」

ぐうの音も出ない正論に、ティグルは沈黙せざるを得ない。そもそもティグルは立派な領主となるためにアルサスを出たのだ。

もっとも後にその話をどこからか聞いたリムからは、「そこで反論できないのでは、領主としていささか勉強が足りないと言わざるを得ません」と辛い評価を貰ってしまった。

「どう返事をすればよかったんだ」

「それはご自分でお考えを。私であれば、情よりも実利で説得しますね。ティグルヴルムド卿を繋ぎ止めるなら、ここでの経験こそがあなたを成長させる、と説きます」

それはまさに、彼がアルサスを出た経緯であった。苦笑いする。

「リムは俺のことを誰よりもよく知っているな」

「光栄ですね。ですが、口説き文句はもう少し色気があるとよろしいでしょう」

デンの町は人が集まり日に日に賑わいを増し、町を囲む壁の外に別の町がもうひとつできてしまった。この第二のデンともいうべき町は流民と商人が主で、いささか治安がよろしくない。とはいえ現在は近くにギネヴィア派の諸侯が陣を張り睨みをきかせている状態のため、暴動のようなものが起きる様子はなかった。

諸侯軍のための商売もはかどる。娼婦はその最たるものだ。

ティグルは頻繁に、女をめぐっての兵士たちの諍いを仲裁する仕事に駆り出された。酒に酔った兵士も、竜殺しの代名詞である黒い弓を見ると顔を青くしておとなしくなる。

魔弾の射手と呼ばれることも多い。

「魔弾の射手、ですか。まるで魔弾の王を思わせる言葉ですね。不思議なことです」

そのふたつ名を聞いたギネヴィアがひとりごちるのを、ティグルは聞いた。地竜の鱗を剥がしながらの、雑談の最中である。

照りつける太陽は肌をじりじりと焼き、ギネヴィアの顔は少し日に焼けてしまっている。侍女たちがハラハラと見守る中、今日もギネヴィアはいっこうに腐敗の進まない地竜の死骸の上でこれの解体作業に勤しんでいた。

ギネヴィアが一日作業すれば、十人分の盾がつくれる。騎士十人の命が助かるのなら、と諸侯は鱗を乞う側にまわった。鍛えられた騎士ひとりの命は平民の兵士数十人に値するのだ。

竜の盾がまとまった数、揃うことで戦術すら変化する可能性があると、そう指摘する将軍すらいる。デンの町の一角では、さかんに戦術研究が行われていた。ティグルとリムも乞われて時折顔を出す。若い騎士たちの中には、リムも驚くような大胆な戦術を披露する者もいた。

「魔弾の王、とは初めて聞きました」

ティグルは素直に尋ねた。

「どんな伝説ですか」

「魔弾の王とは、円卓の騎士ガラハッドの逸話に出てくる人物です」

ギネヴィアは楽しそうに語りだす。

「ガラハッドはブルガスという地で竜を退治したのですが、その際、異国から来た弓使いが協力した、というバージョンがあるのですよ。その弓使いは黒い弓を持ち、放たれる矢はどこまでも飛び、竜の鱗すらたやすく貫いたといいます。もっとも魔弾の王は王国が編纂する正史には登場しない人物です。円卓の騎士に詳しい者でも知らないかもしれませんね」

ギネヴィアはアスヴァールの各地をまわって円卓の騎士の逸話を集めていたこともある。リネットも、その地位を使って各地の伝承を集めていたという。彼女たちだからこそ知る逸話、ということか。

「興味深いですね」

雑談とはいえ、ことは円卓の騎士に関わることだ。周囲で聞いている者がいないか確認しつつ、ティグルは竜の死骸の上で不器用に小杖を振るうギネヴィアと話をする。

「円卓の騎士アレクサンドラの話も考え合わせると、弓の王と名乗ったあの人物の正体が見えてくるかもしれません。何より竜の鱗すら貫く黒い弓というのは、確かに俺の黒弓を思わせます」

「もっとも所詮(しょせん)は異聞の類いです。別の伝承と合わさったものであるとも考えられます。そのあたりの研究についてはコルチェスターの学院に詳しい者がいたのですが……」

早口で語っていたギネヴィアは、そこで言葉を切った。コルチェスターがアルトリウスを名乗る者に占拠された今、そこで働いていた者たちがどうなったのかはわからない。ひょっとしたら、無事に逃げ延びている可能性もあるが、あまり楽観視はできないだろう。

「ガラハッドも蘇っているなら、本人に聞いてみるのもいいかもしれませんね」

暗くなった雰囲気を払拭(ふっしょく)するため、ティグルは冗談めかしてそう言った。

彼の気遣いに、ギネヴィアは微笑む。

「パーシバルのときはそんな余裕もありませんでしたが、私、円卓の騎士に聞きたいことは山ほどあるのですよ。そのときは是非(ぜひ)、同席させてください」

そう、返事をするのだった。

このときはふたりとも、まさか本当にガラハッドと話をする機会があるとは予想もしていなかった。

†

諸侯の一部が「戦に勝ったのに領主の参陣が思わしくないのは、ギネヴィア派の上層部を女と他国人が仕切っているからだ」と言い出したのは、そのころである。

　確かに盟主たるギネヴィアはもとより、ティグル、リム、リネットと要職を握っているのは他国人と女性ばかりだ。もっともリネットの場合、公式な場では父のブリダイン公爵や兄たちを立てているため、本来は他より風当たりが弱いはずなのだが……。

　彼女があまりにも優秀で、年の離れた兄たちが嬉々として顎で使われている様子をデンの町に滞在する諸侯が見てしまっているため、なぜか一番、やり玉に挙げられるのがリネットとなってしまっている。

「よくある派閥争いです。巻き込まれてしまったティグルヴルムド卿とリムアリーシャ殿にはたいへん申し訳ありませんが、しばらくおとなしくしておくのがよろしいと父にも窘められてしまいました」

　デンの町の屋敷、ギネヴィアの執務室にて。

　まったく反省していない様子で、リネットはちろりと舌を出す。

「というわけで、私はしばし、デンの町を離れます。執務については父と兄たちに叩きこんでおきましたので、殿下におきましては彼らを足蹴にしながら使って頂きたく思います」

　そう告げるリネットにギネヴィアは苦笑いで応じた。ギネヴィアの護衛として傍に立つティグルも、ふたりのじゃれあうようなやりとりに微笑ましい気持ちとなる。

　ところが、リネットの矛先は彼にも向いた。

「つきましては、護衛として竜殺し殿をお借りしたく思います」

「まあ、リネット。そんな危険なところに？」

「未だ態度を保留している領主のもとへ参ります。南西のアルネ子爵がよろしいでしょう。竜殺し殿の威を借り、彼の翻意を促す所存です」

　あらあら、とギネヴィアは楽しそうにしている。ああ、これは事前にふたりで打ち合わせをしていたな、とティグルは気づいた。たまたま執務室に足を踏み入れたリムが怪訝な表情でやりとりを眺め、深いため息をつく。

「恐れながら、殿下。ティグルヴルムド卿は真面目なのです。過度にからかうのは控えて頂きたく存じます」

「あら、今は他に人もいません。いつものように彼をティグル、と愛称で呼んでもいいのですよ」

　リムは最近、ふたりきりのときはティグルをそう愛称で呼んでくれるようになった。そのことはなるべく秘匿していたのだが、どこで漏れたのだろう。リムはあまり表情の変わらない顔ながら、少しの間押し黙ったあと、なぜか不満そうにティグルを睨んできた。

「俺は何も言ってない」

「そういう迂闊な言葉が問題なのです」

　ギネヴィアとリネットがくすくす笑いをする。ティグルはいたたまれない気持ちになった。

「リムアリーシャ殿、そういうわけですので、しばらくティグルヴルムド卿をお借りいたします」

「借りるも何も、リネット様、ティグルヴルムド卿は私のものではありませんので」

これはへそを曲げたな、とティグルは天を仰ぎたくなる。一計を案じることにした。

「偽アルトリウス派は敗走時に多くの脱走兵を出したと聞きます。露払いが必要ではありませんか」

そう言って、ティグルはリムを見た。

「まずは俺とリムで、いったん街道の掃除をしましょう。リム、構わないか」

「そう、ですね。示威行動としても悪くはないかもしれません。幸い、私の業務については後任が育ってきています。しばらくは任せても構わないでしょう。殿下、私とティグルヴルムド卿に少数の兵を預けていただけますか」

ギネヴィアは思案の末、この提案を承諾した。彼女としても、リネットの身の安全は何ものにも代えがたいものであるらしい。


旅の準備には、さして時間がかからなかった。

実際のところ、リネットの諸侯訪問は戦略的に妙手といえた。ブリダイン公爵の娘が使者として訪れれば、誰だって無下にはできない。

未だに態度を決めかねている領主には、土産として竜の鱗の欠片を持っていくことも決定される。これと同時に竜殺しの顔を見せることで、武力そのものを見せずとも充分な交渉材料となることだろう。

先遣隊となるティグルとリムの配下には、騎士が十名。彼らは全員が騎兵だ。

リネットの護衛は騎士が八名。さらに侍女が十名ほどつく。これでもブリダイン公爵令嬢にして宰相代理である彼女の立場としては最小限だ。一行を限界まで少数にしてギネヴィア派を私物化しているという非難をかわし、同時に訪問する領主への威圧的な装いを和らげる効果を狙う。

そのため先遣隊は相手の領地に入らず、寸前までを掃除して引き返すことになる。先遣隊でリネットのもとに残るのはティグルとリムだけだ。

万が一、領主が己の領内でリネットを捕らえ、偽アルトリウス派に引き渡そうと試みるなら、ティグルとリムは実質ふたりだけで状況を打開するか、あるいは彼女を連れて逃げ延び、ギネヴィア派の勢力圏まで戻って来なければならないということであった。責任は重大で、そういう場合、若くして山地踏破の熟練者であるティグルの知識と経験が役に立つはずだ。

もっともそうなった場合、ギネヴィア派はその領主を潰すことに全力を傾けることだろう。リネットの背負う権勢とは、そういうものである。

だからこそ、彼女を疎む者も多いわけであった。

†

出立の準備を手際よく終えたリネットは、残る部下たちにいくつか指示を出したあと、ギネヴィアの部屋へ赴いた。何も言わずとも、ギネヴィアは自分で紅茶（チャイ）を淹れてひとりきりで待っていた。

「しばらく誰も入ってこないよう命じてあります。リネット、一杯飲み終わるまで、つきあっていただけますか」

「もちろんよ、ギネヴィア」

今だけは、リネットも王女殿下のことを名前で呼んだ。彼女がそう望んでいるとわかったからだ。普段は立場がある。誰がどこで聞き耳を立てているか、わかったものではない。ただでさえ、リネットに対する諸侯からの反発が強い時期だ。

向かい合った席に座り、山羊のミルクがたっぷりと入った紅茶と焼き菓子を楽しむ。

「私は心配です。やはり、デンの町に留まりませんか」

「今更そんなわけにはいかないこと、ギネヴィアが一番よくご存じでしょう」

「でも、心配なんだもの」

ギネヴィアは、スネた顔でリネットを睨んでくる。こんな顔をされたのも久しぶりだ。ふたりきりのとき以外、絶対にしない顔。リネットだけが知るギネヴィアの顔である。

「だいいち、リネット。あなたは私と違って、旅慣れてないでしょう」

王女殿下が旅慣れているというのもだいぶ問題だが、とリネットは苦笑いした。

「旅の間、私は馬車に乗っているだけ。すべては侍女と騎士たちがやってくれるわ。ちょっとした休暇みたいなものよ。私のこれまでの働きに対して、あなたがご褒美をくださった。そう思っているわ」

「あなたを追放することを、褒美だなんて！　あんなやつら！」

ギネヴィアがテーブルの上で拳を握る。紅茶のカップが、かたかたと揺れた。

「彼らを悪く言ってはいけないわ。主に近づく奸臣を警戒するのは当然のこと。ましてや私は、公爵である父の名を借りて好き勝手をする傲岸不遜な女ですもの」

「私はそんなこと、これっぽっちも思っていない」

リネットは微笑んだ。親友が、損得抜きで自分のために怒ってくれている。それが、たまらなく嬉しい。

「あなたが必要なの。必ず戻ってきてね」

ギネヴィアは真剣だった。まるで愛の告白のようだ、とリネットは思う。


かくして、デンの町の門まで見送りに来たギネヴィアに手を振り、リネットは馬車に乗り込んだ。三台の馬車と八人の騎兵は、前日に出立したティグルとリムをゆっくりと追う。
会戦から八日が経っていた。

　エレオノーラからの手紙を読んで以来、リムは少し元気がないようだった。郷愁(きょうしゅう)だろうか。親友が心配なのだろうか。

「エレンに再会したときのことを考えてしまうのです」

　とはこぼしていた。

「私は、アレクサンドラ様のことを、どう伝えればいいのでしょう」

「今から考えても仕方がない」

「彼女と戦うことになるでしょう」

　ティグルは思わず、リムの頭を引き寄せ、胸に抱き寄せていた。胸もとで彼女の嗚咽(おえつ)を聞きながら、黙って抱え続けた。

　それから、数日が経つ。ティグルもリムも忙しく、ほとんど顔を合わせられなかった。デンを出発する前に、どうしてももう一度、ふたりきりの時間をつくりたかった。

　ティグルとリムは出発の前日、屋敷の一室で満月を見上げて酒を呑んだ。ちょうど、ブリダイン公爵から送られた上等な葡萄酒(ヴィノー)があったのだ。どうせ呑むならふたりで呑みたい、とティグルがいって、リムが同意した。

「アルサスから見上げる月とは少し違うな」

「どう違いますか」

「少しぼんやりしている」

リムはじっと月を睨んだあと、「私には同じに見えます。やはり、目ではティグルヴルムド卿に敵いませんね」と首を振った。

「ティグル、だろ。いまはふたりきりだ」

「誰が聞いているかわかりません。部下への示しが……いいえ」

リムはしばし押し黙ったあと、決意するようにうなずいた。

「ティグル」

「ああ、リム」

「必ず戻りましょう。ジスタートに、アルサスに」

ずいぶんと長い旅になってしまった。多くのしがらみが生まれた。思ったよりずっと大きな流れに巻き込まれてしまった。

夏のうちには戻りたかったが、このぶんでは秋が来てもなんとかなるかどうか。

だからこそ、口に出して決意を新たにしたかった。

「ああ、必ず戻ろう」

ティグルはリムの杯に葡萄酒を注いだ。最後の一杯だった。リムは杯に口をつけて半分呑んだあと、杯をティグルに渡した。ティグルは笑って、残りを飲み干した。

「必ず」

†

ティグルとリムは、騎士十人と共にデンの南西の街道を進む。山がちな地形で近くに森があるため、隠れる場所が多い。付近の村人によれば、この数か月、街道は商人も通らないという。

隊商を偽装し、馬車二台での旅である。ならず者たちが襲いやすいよう、騎士たちはいっけん無力そうな商人に変装していた。

結果、三日で二度ほど敗残兵崩れの山賊に襲われた。

「デンから数日の距離でこれほど治安が悪化しているとは。ことは深刻です」

近くの村の歓迎を断り少し離れた地で野営をしながら、ティグルとリムは語りあう。ことごとく退治してはみせたものの、由々しき事態だった。

「山賊と村人が組んでいる可能性もあります」

リムが村の歓迎を断った理由だ。治安の悪い地域ではよくあることだという。

ティグルはしばし考えたあと、「ところで、このきのこだけど」と話題を変えた。

椀に入っているのは村人から買った山菜ときのこのシチューだ。ひとり分のスープにひとつ、やけに大きな傘つきのきのこが入っている。騎士たちは最初、おそるおそるその大型きのこにかぶりついていた。

　実際に食してみれば、猪の肉に似た味がしてたいへんに美味だと舌鼓を打っている。

「この地方では珍しいのだろうか」

　騎士たちに訊ねてみたところ、少なくとも自分たちは見たことがないという返事がきた。

「村人が採取したきのこを適当に売りつけてきたのでしょう」

「違うんだ。これは故郷の森にも生えてたきのこで、狩人たちはイノシシダケと呼んでいた。まるで猪の肉のよう、という意味だ」

　ティグルは解説した。高く売れる山菜やきのこの情報は価値が高い。村人の間でだけ共有する貴重な財の一種であると。

「アルサスでもそうだった。俺はたまたま、狩人と仲良くなって、山菜やきのこのことを教えてもらえたけど、そのとき、きのこの場所は絶対に他人に話すなって口を酸っぱくして言われたな。このきのこの場合、ちょっと特殊な林床に生えるから、あまり数を揃えられないらしい。にもかかわらず、村の人たちは十二本のきのこを融通してくれた」

　金銭と引き換えとはいえ、村人にとっては大盤振る舞いであったに違いない。

「どういうことでしょうか」

「俺たちが商人のフリをした騎士で、山賊退治を目的としていると伝えたとき、村人たちは半信半疑のようだった。これまで何度も、肩透かしを食らったんだろう。それでも、彼らはこのきのこを、イノシシダケを譲ってくれた。俺たちに期待してくれているんだ。そんな彼らが山賊の手先のはずがない」

騎士たちはティグルの言葉に感嘆の声を漏らす。

「きのこひとつで、そこまで……」

「ティグルヴルムド卿は、以前から市井(しせい)の人々の気持ちを汲み取るのが得意でしたね」

リムも驚いているようだった。ティグルは少し得意げに笑ってみせる。

「そういうわけだけど……リム、彼らの期待に応えることはできるだろうか」

「少しまわり道となりますが、ひと働きしましょう。山に分け入ります」

ティグルたちは焚き火から少し離れて見張りに立つ騎士たちとも相談し、彼らを近くの村に駐屯(ちゅうとん)させることにした。

「馬車の調子が悪いため、隊商は数日、この村で休むとします。供の者を二名だけ連れていきましょう」

濃い森に覆われた山は、ティグルの領域だ。むしろ、あまり大勢を連れていては、痕跡を残して足手まといとなる可能性があった。

翌日、ティグルとリム、騎士二名は、背の高い木々が生い茂る村近くの山へ分け入った。騎士たちには、鋼鉄の鎧の下につける革鎧だけ着用するようにと命じてある。重い鎧は山登りで邪魔だし、音も響く。獣たちも怯えるだろう。森に慣れている者であれば、余計にそういった変化に敏感になる。野盗たちにわざわざ来訪を教えることもない。

ほどなくして獣道に複数名の人間の足跡を発見した。追跡を開始する。

野盗のアジトとおぼしき廃屋はすぐに発見できた。川辺に建てられた小屋で、以前は山菜取りの者たちが利用していたのだろう。

中にいるのは数名のようだ。罠を警戒しながら廃屋に近づき、聞き耳を立てる。男たちの寝息だけが聞こえてきた。時々、呻き声がする。怪我をした者もいるのかもしれない。あるいは病にかかっているか。

「見張りも用意していないとは」

おそらくここの者たちは、兵士としての訓練は受けていても、山で生きる術などまったく持っていないのだろう。偽アルトリウス派の諸侯につき従い、言われるままに戦い、そして無残な敗北に直面して逃げ出し、かといって故郷にも戻れず……。

そんな者たちが、はたして先の会戦で何百人生まれたのだろうか。確かに、彼らが山賊をやっている原因のひとつはティグルたちギネヴィア派にあるのだろう。戦の習いとはいえ、気の滅入ることだった。

「さて、ティグル。どういたしましょう」

「素直に降伏を勧告してみるか」

ティグルは少し考えたすえ、リムと騎士たちと共に少し離れた草むらに身を隠したあと、半分開いた戸から廃屋の床に狙いをつけ、矢を放った。床に矢が突き刺さる音で男たちが目を覚ましたようだ。しばし騒々しい物音がしたあと、「誰だ！」と鋭い誰何の声が響いてきた。

「ギネヴィア派の者だ。降伏しろ。悪いようにはしない」

また、騒々しい物音が響く。壊れた戸がきしむ音を立てて開き、ひとりの痩せた若い男が顔を出した。少年といってもいい歳だ。両手を高く上げ、降参のポーズをとっている。

「頼みがある。薬が欲しい。仲間を助けて欲しいんだ」

ティグルとリムは顔を見合わせた。


しばしのち、ティグルは弓に矢をつがえたまま姿を現した。慌てて止める騎士に、大丈夫だとリムが視線で告げる。

ティグルの姿を見て、痩せた少年が押し殺した悲鳴をあげた。

「竜殺しだ！」

あの会戦でティグルの姿を見たものは敵でも多いようだった。一番目立つところで竜を相手にしていたのだから、わからないでもない。

少年の声は中にも聞こえたようだ。また騒々しい音が響く。ほどなく、さらに二名が戸口から現れた。皆、若い。ティグルより年下とおぼしき者すらいる。

少年兵士たちは、揃って平伏した。

「竜殺し様！　どうか、隊長をお助けください！」

思っていたのとは違う展開に、ティグルは拍子抜けして弓を下ろした。


川辺の廃屋に住んでいたのは少年たち三人のほか、彼らの上官であるという中年の男がひとりだった。あの会戦で戦場が混乱している隙に逃げ出したものの、本隊と合流することができず、この山で木の根をかじって飢えをしのいでいたのだという。隊長と呼ばれる男は数日前から熱を出して、今は起き上がれないほどだった。

ティグルは廃屋の奥に敷き詰められた藁(わら)の上に転がる中年男の様子を診察した。小刻みに震え、汗をびっしょりとかいている。馴染みのある症状だ。

「山猫熱(スイリンカー)だな。間に合ってよかった、あと二日も経っていたら危なかったかもしれない。薬草を採取してきて欲しい」

ティグルは薬となる草の特徴を教えた。少年たちがよろめきながら駆け出していく。騎士二名に、少年たちを追うよう頼んだ。お節介かもしれないが、彼らだけでは少し心配だ。騎士たちは苦笑しながら承諾してくれた。

リムには、近くの川から水を汲んでくるよう頼む。

廃屋の中がティグルと男ひとりになったあと、男は目を開け、ティグルに感謝の言葉を述べた。

「どうか、彼らを頼みます。故郷の村から連れてきた者たちですが、村には彼らの居場所はありません。下働きでも何でも、使ってやってください」

聞けば、彼らの村は内部で二派に分かれ、激しく水資源の利権を争っていたのだという。少年たちの親はその争いに敗れ、あらぬ罪を着せられて処刑された。少年たちも、村に残っていれば待っているのは同じ運命だっただろうという話であった。

いちどは兵士を引退し村で役人の真似事をしていたこの男は、それを知り、彼らを連れ出して、共に志願兵となった。

あとはティグルも知るところだ。会戦に敗れた後、軍を脱走し、この山にたどり着いたのだという。豊かな森の中、秋までは獲物も豊富に獲れるだろう。冬までには戦争も終わっているに違いない、という算段だったようである。国が落ち着けば、町で居場所をつくるために山を下りればいい。

どこにでもある話だ。彼らには、自らが思ったよりずっと生活能力がなかったというだけのことである。

リムが水を汲んで戻ってきた。彼らのことを話すと、「彼らを助けるおつもりですね。あなたは本当にお人よしです」と皮肉った。もっともその口調には棘がない。賛成してくれるということだ。

「あの騎士たちは借りているだけでね。今、俺には直属の部下がいないんだ。ついてくるなら歓迎しよう」

ティグルは寝ている男に向き直り、そう言った。直属の部下だった者たちのことを考えると未だに胸が痛む。山奥の村からティグルについてきてくれた山岳民の狩人たちは、パーシバルとの激しい戦いで、皆、命を落とした。ティグルの戦いについてくるということは、そういうことだ。

あのあと、リムと話をした。ティグルは自らの失敗について語ったあと、どうしたらよかったのだろうと彼女に尋ねたのである。

リムの返答はなかった。彼女は無言でティグルを抱きしめ、やさしく背中を叩いた。ただそれだけで、ティグルの胸の中に渦巻いていたどす黒い感情が消えていった。

どうしようもなかったのだ、と彼女は言いたかったのだろう。だがその言葉では、ティグルは納得しないとも彼女は理解していた。確かに、ティグルは今も考え続けている。どうすればよかったのだろう。次はもっとうまくやれるのだろうか。

ひとつだけ、わかっていることがある。ティグルは前進をやめない。何があろうと目を背けない。

「名前は何という？」

「メニオ」

「わかった。メニオ、君は今から俺の部下だ。百人長の地位を授ける。なに、精のつくものを食べればすぐ元気になるさ」

リムもうなずき、「先ほど、川でサケを見つけました。獲ってきましょう」と告げる。

「ひとりで大丈夫か」

「あなたほどではありませんが、私もエレンと共に各地をまわり、時には野山を駆けていたのですよ」

心配するなと告げて、リムはまた小屋を出ていく。

しかし、ほどなくして、小屋の外で騒ぎが起きた。ティグルが慌てて飛び出すと、川辺で転んでいるリムの姿があった。全身水浸しで、胸もとに暴れる何かを抱えている。よく見れば、それはひと抱えもある大きなサケだった。どうやら、見事に獲物を捕まえたはいいものの、陸にあがったそれは思った以上に元気がありすぎたようだ。

「ティグル、ティグル！　手伝ってください！」

ティグルは慌てて彼女に駆け寄り、暴れる魚の横腹を地面に押しつけると、小刀を抜いて頭のつけ根に刃を通した。ほどなくして、サケは抵抗をやめ、その身をぐったりとさせる。

「助かりました」

起き上がったリムを見てしまい、ティグルは思わず目を背けた。騒動で服がはだけ、胸もとがおおきく露出していたからだ。ティグルの様子を見て、リムはようやく己の醜態に気づき、後ろを向いた。

「この魚を捌いてくるよ。しばらくしたら小屋に戻ってくれ」

ティグルはそう言って、動かなくなったサケを持ち上げた。

†

ティグルの宣言通り、リムの獲ったサケで精をつけ、少年たちがとってきた薬草を煎じて飲んだメニオはみるみる震えが収まった。歩けるようになったら村に来るようにと言い残し、ティグルはしきりに感謝する彼らのもとを去る。メニオと少年たちが約束を違えることはないだろうな、と思った。

「いきなり、躓いたな」

本当は、もっと屈強な兵士が潜んでいると思っていた。この近くの村々は山賊に襲われていないため、山に潜んでいる者がいるとしたらまだ理性と知性がある者たちだと判断したのである。まさか、何も生きる術がない者たちが、人里を襲うことすらせず飢えているとは思わないではないか。

「幸いにして、付近に潜むと思われる山賊の情報は得ることができました」

リムが励ます。メニオたちは不用意に他の集団と接触しないようにしていたとのことだ。賢明な判断といえた。彼らが教えてくれた別グループは二十人ほどで、傭兵崩れの男が騎士を名乗り荒くれ者たちを統率しているという。

「頭のまわる集団であれば、リネット様の馬車を襲うようなことはしないでしょう」

供の騎士が言う。ティグルは首を横に振った。

「だが、かわりにこの地の民を襲うだろう」

リムもうなずく。

「私たちは村人の期待を背負っているのです。やれる限りのことをしておきたいですね」

山賊たちは、必ずや近くの村々に災禍を運ぶだろう。それがわかっていて見過ごすのは、ティグルやリムの本意ではない、という説明に騎士たちは納得した様子でうなずいた。

ティグルたちは、四人だけで情報のもとへ向かう。


その山賊たちのアジトは、廃棄された集落に存在した。粗末な小屋が、渓谷の傾斜に隠れるようにして、三つ四つばかり立ち並んでいる。足跡を追跡したうえでメニオの情報がなければとうてい発見できなかっただろう。

ティグルはリムたちを置いて、ひとりで偵察に向かった。情報通り、男たちは二十名ほどだ。

ただし、数名の若い娘が彼らに囚われ、相手をさせられていた。騎士様と呼ばれる髭面(ひげづら)と部下の男たちの会話を聞く限り、近くの村から食料を奪うついでに攫(さら)って来た女たちのようだ。

すぐにでも彼女たちを助けてやりたいという気持ちをぐっとこらえ、待っている者たちのもとへ戻る。

「人の誇りを捨て、獣となった者は処分するしかありませんね」

「ああ、生け捕りにする必要はない」

リムだけでなく供の騎士ふたりも憤(いきどお)っていた。そろそろ夕方だ。夜襲をかけよう、ということになった。

交代で身体を休め、相手がもっとも油断する夜明け前に山賊たちのアジトへ赴く。

山賊たちの見張りは四人で、渓谷の左右にそれぞれふたりずつ。

ティグルたちから近い南側の見張りは、火を絶やさず眠い目をこすり、あまり警戒に集中してはいないようだ。こちらから狙おう、と身振りで指し示す。リムと騎士たちが首肯する。

ティグルは暗闇から矢を放った。

見張りのひとりの脳天に矢が突き立つ。その矢が宙を斬る音にもうひとりが振り向いたところで、突撃した騎士のひとりがその首を刎(は)ねた。

——なかなかの腕だな。

ティグルはリネット配下の者たちの精強さを頼もしく思う。残りの山賊たちは眠っているようだ。リムと騎士たちは、女が眠る小屋へ向かった。ティグルは集落の反対側の見張りを排除するため、小屋をまわりこむ。

まさか集落の側から襲われるとは思っていなかったのだろう、反対側の見張りたちは背中を向けたままティグルの矢を急所に受け、続けざまに倒れた。

だがその音で不審を抱いたのか、小屋からひとりの男が顔を出す。

男は矢を受けて倒れている見張りの姿を見て、大声で敵襲だと叫んだ。ティグルは舌打ちして、男に向かって矢を放つ。その額に矢が突き刺さり、間の悪い男はカエルがつぶれるような声を出して倒れた。

小屋から、半裸の男たちが武器を手に次々と姿と現す。

ちょうど、リムと騎士たちが女の眠る小屋から彼女たちを助けて出てくるところだった。

「女を奪おうっていうのか！　殺せ！」

相手のリーダーとおぼしき男が野太い声で叫ぶ。

リムがそれに対して声高に反論しながら、囚われていた女たちをかばって抜刀し、男たちの前に立ちふさがった。部下の騎士たちもそれに倣(なら)う。

ティグルは仲間を援護するため、一軒の小屋によじのぼった。

リムの指示で、女たちが小走りに逃げ出していた。

だが逃走しようとする女たちの行く手に、ふたりの山賊が立ちふさがる。斧を振りまわして威嚇(いかく)していた。女たちは立ち止まり、絹を裂くような悲鳴をあげる。

──あそこから、だ。

ティグルは小屋の屋根から矢を放った。

矢は女たちを威嚇する山賊たちのそばの焚き火に突き刺さる。焚き火が爆発したように四散した。燃え盛る薪(まき)を浴びた男たちが悲鳴をあげる。

「今のうちに走れ！　森の中で待っていろ！」

ティグルは女たちに命じた。上からの声に彼女たちが走り出すのを待ってから、次の矢を弓につがえる。体勢を整えた男たちが女を追おうとして背を向けた瞬間を狙い、これを順番に仕留めていく。

「屋根の上に誰かいるぞ！」

という叫び声が響いた。ティグルのいる小屋をよじ登ってくる者がいる。前と後ろからひとりずつだ。ティグルは屋根のへりを掴(つか)む手に矢を浴びせた。ぎゃっと悲鳴をあげて、男が落ちていく。

もう片方は、と振り返れば、そちら側で剣戟(けんげき)の音が響いていた。

「ティグル、こちらは任せてください！」

リムの声が下から聞こえてくる。

いい援護だ、暗い中でよく状況が見えている、とティグルは改めて、相棒の戦術眼に感嘆した。

　ふたりの騎士は、と目を向ければ、背中合わせになって、群がってくる男たちを次々と斬り殺している。素晴らしい腕前だった。リネットが彼らを選抜し、自分とリムにつけてくれたことに心から感謝する。

　やがて山賊たちの士気が崩壊し、三々五々に逃げ始めた。ティグルは逃げる敵に矢を浴びせ、可能な限り始末していく。なるべく彼らを生かしておきたくない。

　最終的に、集落跡に残った死体の数は十八となった。その中には傭兵崩れとおぼしき山賊たちのリーダーのものもある。

　逃げた女たちのもとへ赴き、山賊の総数を尋ねてみたが、よくわからないという返事であった。ティグルが見た限り、少なくともふたりは逃がしてしまっているが……まあ、こんなものだろう。殺した証拠として耳を剥ぎ取り、死体を埋めて山を下りる。

　山を下りると、村ではリネットが待っていた。馬車の予定を早めたのだという。これでは露払いの意味がないのではないか、と思ったが、とにかく無事でなによりである。

　リネットはことの次第を聞き、よくやったとティグルたちを褒めた。

「逃げた山賊たちも、ひとりふたりでは何もできないでしょう」

　連れ帰った女たちは、ティグルたちについてきた騎士たちが責任を持って、もとの村へ戻すことになった。彼らはその後、デンの町に戻る。ここでお別れだ。

ティグルとリムだけがリネットの部隊に随行する。

そのリネットは、といえば……。

「メニオという男が三人の若者と共に訊ねてきました。彼はいいですね。書類を与えたら、綺麗な字で処理してくれました。仕込めば役に立ちます」

とご機嫌で、メニオと三人の少年は別枠でリネットへの同行を許可された。

そういえば、メニオは役人の真似事をやっていたと言っていたことを今更ながらティグルは思い出す。思わぬ拾い物だったかもしれない。何が幸いするかわからないものだ。

少年たちもメニオに基礎教育を受けていたらしく、文字の読み書き、簡単な計算まではできた。ならばいっそ文官として育てたいとティグルが申し出たところ「ティグルヴルムド卿が最後まで責任を持つのでしたら」という条件でリネットの侍女が片手間に事務を教えることとなった。

ティグルの役に立ちたいというメニオたちの決意は固かった。

「俺はブリューヌの貴族だ。将来のことになるが、俺がブリューヌに戻るときがきたら、ついてくるか」

という問いに四人揃って迷わず首を縦に振ったほどである。

メニオは「ならば今からブリューヌの言葉を習う必要がありますな」と笑うのだった。彼自身、天涯孤独の身の上であるという。

かくしてティグルは、初めて本当の意味での家臣を得たことになる。

†

リネット一行は子爵領に入る。

子爵から迎えの騎士が来た。騎乗した騎士と徒歩の兵士、合計で百名ほどに護衛され、子爵の居住する城まで向かうこととなった。ティグルの竜殺しという異名のおかげか、リネットの地位のおかげか、あるいはギネヴィア派に対するご機嫌伺いか、下にも置かない丁重な扱いである。

「交渉を前に幸先がいい、と判断するべきなのかな」

とティグルが呟けば、リネットは少し考えたすえ「逆ですね」と告げた。

「どういうことです」

「彼らは、私たちに勝手なことをして欲しくないのですよ。だから、これだけの人数で囲んでいます。ティグルヴルムド卿とリムアリーシャ殿の山賊退治の武勇伝には効果がありました。お疲れさまです」

今のは褒められたと考えていいのだろうか、とティグルは首をかしげる。リネットは微笑んだ。

「今のは褒めています。ご安心を。あまり穿った捉え方をなさらないでください」

　それを聞いていた供の騎士が「おひいさまは普段が普段だけに説得力がないんですよねえ」と余計なひとことを呟き、リネットに睨まれていた。いい度胸をしていると思う。

　彼に限らず、ブリダイン家の子飼いの者たちは皆、リネットを敬愛する気持ちを持ちながら、いささか緩い雰囲気で彼女に接している。これはリネット自身が望んでいることでもあるのだろう。無論、彼らも時と場合はわきまえているし、他所の目があるときはきっちりと背筋を正す。

　ティグルも彼らに倣ってリネットに接するようにしたところ、「やはりティグルヴルムド卿。ブリダイン家に入りませんか？　婚姻の話をしております」と水を向けられてしまったため、以後は少し言葉遣いを硬くしていた。

「ここから先は何の証拠もなく、私の推測となりますが」

　そう前置きして、リネットは言う。

「子爵家に、現在、偽アルトリウス派からの使者が滞在しているのでしょう。それも、無下にできないほどの大物が。子爵としては、偽アルトリウス派の使者と我々を鉢合わせさせるわけにはいかないのです。それがこの大層な護衛の理由と考えれば、納得がいくと思いませんか」

「その場合、子爵は偽アルトリウス派につくということか」

「その決断が即座にできるのであれば、我々を捕らえて偽アルトリウス派に引き渡しているでしょう。こうして丁重に扱われているということは、未だ両者を天秤にかけている段階ということ。機会は充分にあります」

偽アルトリウス派も、そう大勢を送り込んできてはいないだろう、とリネットは考えているようだった。有力な貴族家の名前を挙げ、それぞれの場合の対応をティグルに指示する。もっともティグルとしては、そんなものいちいち覚えていられないし、護衛の彼がやるべきはリネットを危険から遠ざけることである。

「実際のところ、偽アルトリウス派から危害を加えてくることはないと判断しています」

「それはまた、どうして」

「彼らにその気があるなら、最初から闇討ちを仕掛けてくるでしょうから」

こちらには、竜殺しのティグルがいるとあらかじめ宣伝している。偽アルトリウス派の耳にも入っているだろう。竜殺しの首はリネットよりもよほど価値がある。

「襲われるなら、ティグルヴルムド卿、竜殺しとして名高いあなたです。ですが、その気配もない。リムアリーシャ殿にも伝えてありますが、いちおう警戒は怠らないでいただきたいと思います」

ぞっとしないことだな、とティグルは肩をすくめてみせた。

ここは敵地である。

†

同道する人数が増えれば、それだけ速度は落ちる。

ましてや子爵の配下の騎士たちは、なにかと理由をつけてリネットの馬車を遅らせようとした。それまでは一日で移動できた距離に二日かかるようになる。必然的に、村から離れた場所での野営が発生した。

幸いにして見張りは子爵領の者たちがやってくれる。

彼らを信頼できるかというとまた別の話となるため、ティグルやリム、リネット配下の騎士たちも交代で見張りに立った。

夜明けより少し前、早起きしたティグルはメニオと三人の少年と共に、リネットの騎士と見張りの順番を交代する。それからほどなくのこと、困り顔のメニオが少年のひとりと共にティグルのもとへやってきた。

「うちのやつが、こんなものを拾っちまって」

そう言ってメニオが指さす先、少年の胸もとには、一匹の猫とおぼしきふかふかの獣が抱えられていた。生まれてさほど経っていないとおぼしき子猫だ。純白の白い毛に、緑の瞳をしていた。その瞳がじっとティグルを見つめてくる。吸い込まれそうな気配があった。

「川で獲れたばかりの魚をおいしそうに食べるから、その……。この通り、おとなしいですし。責任もってしつけます。絶対に迷惑はかけません」

少年が必死で訴えてくる。ティグルは少し迷ったすえ、彼らが親を失い、村から逃げるように出てきたという身の上だったことを思い出す。

「リネット様が起きたら、頼んでみよう」

「ありがとうございます、ティグルヴルムド様！」

「あと、俺たちだけのときは、俺のことをティグルと呼んでくれていい。……カシラとか呼ぶのはやめてくれよ」

カシラ、と聞いてメニオも少年も首を横に傾けた。余計なことをいったな、とティグルは笑ってごまかす。パーシバルとの戦いで散った部下たちの顔が脳裏をよぎった。彼らが命令に反して駆けつけてくれなければ、ティグルは今、ここに立っていない。いい部下たちだった。でも、自らを犠牲にするようなことをして欲しくなかった。これから先も、何度も同じ思いをするだろうという予感がある。だからといって、臆病（おくびょう）になることは許されなかった。こみあげる思いをぐっと飲みこむ。

「名前は決めたのか」

「ケット、です。村に伝わる昔話で、二本足で立つ猫をケット＝シーというのを思い出して」

なるほど、すでにそこまで愛着を持っているのかとティグルは内心で天を仰ぎたくなる。これでもし、リネットが猫嫌いだったら困ったことだ。

——いや、彼女の場合、だとしても部下の愉しみを奪うようなことはしないか。

そう考え、暫定的に餌を与えることを認めた。生きるうえでの潤いは誰にだって必要だ。

ティグルは子猫の頭を撫でさせてもらった。子猫はティグルをじっと見つめ、最後にこくんとうなずいたように思う。まるで、わかっているさ、とでもいうかのようだった。

はたして、それからしばしの後、夜明けの直後。

馬車から出てきたリネットに先刻の出来事を相談すると、「よろしいでしょう。ただし、ひとつ条件があります」という返事がきた。

「私にも猫を触らせてください」

「好きなんですか、猫」

「ええ。でも母は動物が苦手で……動物の毛に反応して身体の調子が悪くなる体質でしたので、ブリダイン領の屋敷では飼えなかったのですよ」

なるほど、それは仕方のないことだろう。そうした体質の者は一定数、いると聞く。動物の飼育が必要な農家などでは、そういう子供が生まれても、育つ前に亡くなることが多い。とはいえブリダイン家に嫁いだ女であるから、そういったこととは無関係に育ったのだろう。

「後ほど、呼んできましょう。少し預かっていただけるなら助かります」

「もちろんです！　実家で猫を飼っている侍女に色々聞いてみますわ！」

思った以上に乗り気な様子に、ティグルはあの子猫の所有権を少年たちから奪われないか不安になってきた。

その日の、昼。

行軍を止めての休憩をとっていた。ティグルが見た子猫は、リネットの腕の中で心地よさそうに寝息をかいている。

リネットは、とろけるような笑顔で白い毛並みを撫でていた。普段のとりつくろったような表情ではなく、心の底からの笑みだ。ああ、つくり笑いとは全然違うのだな、とティグルは感心する。なんとも無防備な様子で、供の騎士がにやにやしていた。

「姫様が喜ばれているのなら、何よりですよ」

ティグルの視線に気づいたその騎士が小声で言う。

「何せ、激務が続いています。馬車の中でも書き物をしているほどですので」

それは、知らなかった。ティグルやリムは移動時、周囲を警戒するため隊列のあちこちを馬で巡っていたから致し方ないところである。

周囲の騎士たちも優秀だが、やはりティグルの目は他よりはるかに秀でているという自覚があった。それに、万が一。赤黒い武器の持ち主が襲ってきた場合、神器持ち以外では無駄に屍（しかばね）を増やすだけだろう。

「昼の間は、子猫をリネット様に預けておきましょう」

「ありがたいことです」

騎士が心から感謝しているのがわかる。リネットは本当にいい部下に恵まれているなと思った。


日が傾き、野営の準備が始まると、子猫の所有権はメニオの配下の少年たちに移る。自分も一日の行軍で疲れているだろうに、少年たちは三人で手分けして猫の世話を焼いた。

子猫は、それが従僕たちにとって当然の仕事だとでも言うように、あくびをしながら彼らの世話を受けている。猫とはかくも尊大なものだ、と知識では知っていたが、子猫に仕える彼らをみていると思わず苦笑いしてしまう。なおこの際、猫に詳しいというリネットの従者が少年たちに扱い方を教え込んでいた。

「いい教育になっていますな。骨を折っていただいて感謝いたします」

彼らのやりとりを少し離れたところから見ながら、メニオがいう。

「他人行儀なことはやめてくれ。あなたも彼らも俺の直属の部下だ。何でも相談してくれていいし、自分の手に負えないことはすぐに報告してくれ」

「そうでしたな。ま、せいぜいこき使ってください。リネット殿から要求された書類は片づけておきましたので、他になにかあれば」

「それだけでも、助かるよ。いやほんと助かってる」

メニオという男、とんだ掘り出しものであった。ただでさえ書類仕事の苦手なティグルが、行軍中にもこなさなければいけない仕事に四苦八苦していたところ、彼が出てきてさっとまとめてしまったのである。

以後、ティグルは彼に自分の書類仕事を押しつけた。メニオは快く、これを引き受けると、リムも驚くような速度で書類を始末してしまった。

リネットが「あの男、私にいただけませんか」と囁いてくるほどである。

これればかりは断固として首を横に振った。メニオはもはやティグルのものだ。誰にも渡さない。たとえリネットが相手でも、譲れないものがある。そう、かたく誓った。書類地獄の日々よさらば。

子猫ケットは甘えたがりだった。正確に言えば、甘えるのがうまかった。

誰に甘えれば毛の手入れをしてくれるか、餌をくれるか、よく観察して甘えているように思えた。リネットの侍女によれば「猫とはそういうものです」とのことであり、何ら驚くべきことではないらしい。

「大陸の猫とこの島の猫では違うのかな」

思わずそんなことを呟いたところ、侍女たちに冗談と思われて笑われた。ティグルヴルムド卿は面白い人だったのですね、とまで言われてしまった。自分は普段、そんなに険しい顔をしていただろうかと考えてしまう。

リネットに相談してみた。

「そうですね。やはり、パーシバルとの戦いから、お変わりになった思います。ですがそれはリムアリーシャ殿も、うちの殿下も同じこと。厳しい戦いを経て何も変わらないわけがないと、そう理解しておりました」

なるほど、外からの意見は貴重だ。

同じことをリムに訊ねたところ「変わることが悪いわけではありません。しかし、変わっていく己を意識できないのは、よろしくないことです」という返事であった。

「若きころに学ぶ剣も同じです」

リムは続ける。

「まだ身体ができていない幼少期から剣を学ぶ者は、今すぐ強くあろうとしてはならないと、どの流派でも教えます。それではいずれ成長したとき、ひどくバランスの悪い剣技になるからと。おそらくそれは、学問でも何でも同じなのでしょう。人は、いつか成長が止まったときに完成していればよいのです」

人生の先輩の、頼りになる言葉だった。

もっともティグルは剣についてはさっぱりである。弓の技術に置き換えて考えれば、なるほど自分も、身体の成長に従って射るタイミングや力の入れ具合を変えていったなと納得がいくのだけれど。

「弓は、そうですね。相手がいなくとも射たものが的をどれだけ外したかで、剣よりも客観視しやすいのかもしれませんね。しかしティグルヴルムド卿は、これからまだもう少し背も伸びるでしょうし……」

ティグルの言葉を吟味して、リムは考え込む。


それはいいとして、子猫ケットである。ふと気づくと、この子猫、ティグルをじいっと見つめているような気がするのだ。狩人としてのカンのようなものが、ただの猫ではないと言っていた。もっとも証拠があるわけではない。口にしても笑われるだけだろう。だからティグルは、この子猫の様子を観察するだけにした。

少なくとも、いますぐ襲ってくるようなことはないだろうと確信している。もしそうなら、いくらでも機会はあったはずだ。ティグルはわざと何度か隙を見せた。子猫は、退屈そうにあくびをするだけだった。こうなると我慢比べとなるが……。

しびれを切らしたのは、ティグルの方が先だった。彼と子猫だけになったところで子猫を抱き上げ、正直に訊ねてみる。

「モルガンという名を知っているか」

はたして、子猫は可愛らしい鳴き声を披露したあと、「不敬であろう。我が主の名をみだりに口にしてはならぬ」と返事をした。

ティグルはひどく驚き、子猫を取り落としそうになった。

子猫は抗議するように鳴くと、彼の両腕からするりと抜け出て地面に下りる。

「今、おまえ……」

子猫はティグルを見上げ、もう一度鳴いた。そのあと、近くに来ていた少年兵士のもとへ駆け寄って行ってしまう。

「どうしましたか、ティグル様」

「ああ、いや、何でもないんだ」

少年に抱き上げられ、頭を撫でられて気持ちよさそうに目を細める子猫を、ティグルはじっと見つめた。さっきの言葉は幻だったのだろうか。いや、確かにしゃべったように思うのだが……。ずっと気を張り続けて、疲れているのかもしれない。

ティグルは首を振って、その場を立ち去った。彼を見送るように猫の鳴き声が響いた。


リネットに、猫の伝説についてさりげなく訊ねてみた。

「ケット＝シー、猫の王の物語はアスヴァールの各地に存在します」

「猫の王？」

「そういえば、あなたの従者があの子猫をケットと名づけたのでしたね。それで気になったのですか」

ティグルはそのあたりを曖昧にごまかし、猫の王の物語について詳しく聞いた。ケット＝シーの物語は、リネットによると、おおむね三つの類例に分かれるという。

類例のひとつが、家で飼っている猫を大事にしていた娘が不幸な目に遭うが、飼い猫は実は猫の王であり、この娘を助けてくれるという話。

ふたつ目は、猫を虐待していた者が猫の王によって不幸な目に遭う話。

そして三つ目は、猫の王が猫の集会を開き、それを見たヒトが驚く話である。

「これらがさまざまなバリエーションを持って各地で伝えられ、とある学者の話によれば総数は数百種に及ぶとか」

「数百もあるのか！」

ティグルは驚愕した。

「アスヴァール人は皆、猫が好きなのか」

思わずそんな言葉を呟いてしまった。

リネットは微笑み、「少なくとも私たちの部隊は、あの猫に皆が好意的ですね」と返事をする。彼女の言う通り、子猫ケットはわずか一両日で部隊の兵士たちの心を掴んでしまった。子爵領の兵士たちと子猫の取り合いになったときは、ティグルが思わず苦言を呈してしまったほどである。

「あの子猫には、奇妙なほど人を惹きつける魅力があります。神々の力の残滓、あるいは精霊の力なのかもしれません」

真面目な顔で胡乱なことを言わないで欲しい。

「冗談ですよね」

「さて、どうでしょう」

リネットはくすくす笑った。

†

子爵の城まであと半日というところで、問題が起きた。

夜のうちに兵士たちの持ち物が次々と消えるという事件が発生したのだ。

消えたのは子爵領の兵士のものばかりだった。必然的にリネットの配下が疑われたが、もとよりリネットが連れてきた精鋭たちは規律がしっかりしている。侍女や従者も身元がはっきりした者たちばかり、もっといえば貴族家の子息や娘がほとんどである。盗癖がある者が入り込む余地はない。

「現場の兵士たちには知らされていない、子爵の遅延工作という可能性もございますが……」

朝方、この騒動で叩き起こされたリネットは、少し乱れた髪を振りながら首を振る。彼らがこれまで、さんざんに馬車を遅らせてきたことを鑑みて、その可能性は低いだろうと。

「上層部のみが知らされていた作戦だとしても、部下がここまで殺気立つようなものは、普通に考えてありえないでしょう。彼らの中には、家族から貰ったお守りを失った者もいるそうです。工作が発覚した場合、決定的に兵士たちの忠誠を失います。普通の頭があれば、そのようなことは……。子爵のこれまでの行動から考えても、そこまで愚かとは思えません。私は、この一件に子爵側の上層部は関わっていないと考えます」

そう言うと、いくつか指示を出して馬車の中に引っ込んでしまった。髪のセットには時間がかかるようだ。

ならばいったい、これはどういうことなのか。

夜のうちに賊が部隊に侵入し、補給物資やリネットの豪奢(ごうしゃ)な馬車には目もくれず、兵士たちの物ばかりを盗んだというのだろうか。

「違和感しかないな」

ティグルは言った。

「そもそも、人の仕業とは思えない」

「では妖精が悪さをしたとでも？」

馬車の中からリネットの声が飛んできた。

「竜が人里に出てくるんだ。そういうこともあるんじゃないのか」

おとぎ話の妖精は人に悪さをしたり、からかったりする。リネットが語ったケット＝シーの話も、妖精物語に分類されるという。

ティグルはこれまで、精霊や妖精などおとぎ話の存在だと思っていた。だが、リムは幻の湖で湖の精霊に出会ったという。ティグル自身も、山奥で善き精霊（シーリーコート）から髪の指輪を譲り受けた。

精霊がいるなら、森に棲む妖精も実在するのだろうか。空飛ぶ魔女の城も、パンケーキを焼くしゃべる犬も……。

「たとえば、竜はきちんと実在する存在です。これまではその住処が秘境であったというだけのこと。精霊が存在することは、あなたやリムアリーシャ殿が証明いたしました。しかし妖精とは、そもそも空想豊かな物語の語り部によって生み出された架空のもの。猫の王の伝説は、類例三つ目の集会の物語以外、何らかの教訓を与えるものです。みだりに人を虐げてはならない、みだりに犬や猫を虐げてはならない。それはいつか己に返ってくると、そう語っております」

そういうのは、ティグルもよくわかる。アルサスにおいても、神殿の巫女（みこ）たちが説法をしていた。それと同じようなものだろう。

「円卓の騎士の伝説にも、説教じみたものが多いんだっけか」

「前に少し、その話もしましたね。ええ、円卓の騎士の物語は、各地の伝承と交ざりあい、結果的に教訓話になったものも多いのです。妖精をこらしめる話と竜を退治する話、それに実在の王を倒した話が渾然一体となったものが、アスヴァールに伝わる円卓の騎士の物語です。では実在の王と妖精を同じように捉えていいのか、と言われれば……これは当然、違うとなりますよね。よって悪さをする妖精、というものが何らかの比喩であることは、深く考えるまでもないことなのです」

なるほど、リネットの立場、考え方は理解できた。

彼女はあくまで、現実的なのだ。ひょっとしたら、神器とてその目で見なければ存在を否定していたかもしれない。神々や精霊の存在は信じていても、それが現実に影響を及ぼしている事実を最低限と見積もっている。

それはけっして、いい、悪いではないのだろう。ただ、彼女はすべてをヒトの目線で考えてしまう。

ティグルの場合は、少し事情が違う。なにせ精霊モルガンとの出会いがあった。

彼女が左手の小指にくくりつけた緑の髪の指輪は、いまも指にはまったままだ。指輪の力があってこそ、安定して黒弓の力を扱えているのだろうという自覚もある。

直感がある。

——リネットが見ている光景だけが、この島のすべてじゃない。

このアスヴァール島は、リネットが思うよりはるかに、神秘に満ちているのだという理解だ。

だがティグルは、それを口では説明できない。あまりにも感覚的なものすぎて、理屈で彼女を説得することはできない。

もっとも、それが今回の騒動と関係するかはわからないのだが……。

野営陣地の反対側でまた騒ぎが起きた。リネットの部下と子爵の部下が些細なことで揉めたのだという。ティグルは仲裁に入るべく、そちらへ駆け出した。


その兵士によれば、背負い袋に入れていた財布が消えたのだという。中には硬貨が数個入っていたらしい。近くにはリネットの配下の兵士がふたりいた。彼らがやったに違いない、という主張を聞いて、ティグルは考えた。

野営陣地は街道から少し外れた森の縁に築いている。すぐそばには背の高い草木が鬱蒼と生い茂っていた。

ふと、その茂みを覗く。足跡を見つけた。ただしそれは人間のものよりずっと小さい、動物の足跡だ。

「猫の王、悪戯、か」

「どうしましたか、ティグルヴルムド卿」

思わず呟いたことを兵士に聞きとがめられ、ティグルは慌てて適当にごまかした。動物の足跡を指さし、動物に盗まれた可能性を示唆してみせる。

「俺はアスヴァールの生まれじゃないが、このあたりには硬貨みたいな光り物が好きな動物がいるのか」

「は。いいえ、鳥が巣に銅貨を集める話は聞いたことがありますが、自分は町の生まれなので、動物は……」

「ちょっと見てくる。皆は先に出発していてくれ」

念のためリネットに断りを入れ、リムに後の警備を任せて、ティグルはひとり森に足を踏み入れた。何かに突き動かされるように獣道を進む。

と、その獣道の真ん中に座る小柄な白い動物がいた。それが、にゃあ、と鳴いた。部下たちに任せたはずの子猫、ケットだった。

「おまえか。こんなところで、何をしている」

「見てわかろう。おまえを待っていた」

子猫が、しゃべった。

ティグルは今度こそ飛び上がらんばかりに驚き、まじまじと子猫を見下ろす。子猫は、もういちど、今度は抗議するように可愛らしく鳴いた。

「どういうことなんだ」

「気が利かぬ下僕だな。さっさと抱き上げるがいい」

ティグルは言われた通り、子猫を両腕で抱え上げた。頭を撫でると目を細め、気持ちよさそうな鳴き声を出す。

「ええと、きみは」

「敬うがいい、下僕。おまえは猫の王を抱いているのだぞ」

「本当に、猫の王なのか」

子猫は肯定するように、高く鳴いた。

「どうした、行かないのか」

「どこへ？」

「不心得者を成敗するのだろう、精霊に祝福されし子よ」

聞きなれない言葉が出た。いや、それを言ったら猫の言葉などすべて聞きなれないのだが、
それはそれとして……。

「精霊に祝福されし子、って」

子猫は呆れたような鳴き声を出し、前脚の先でティグルの左手の小指をちょんと突っついた。

「俺の指輪？　モルガンと名乗った精霊の……これは、その証か」

まあ、いいだろう。問題はこの子猫がいう不心得者と、そもそもこの子猫がどういう存在なのかという話である。

「きみたちは何なんだ」

「我々は、我々である。おまえたち下僕は余をケットと名づけたな。よい名だ。褒めて遣わす」

ケットはつんと胸をそらした。

こいつ、どうしてこんなに偉そうなのだろう。

猫だから、だろうか。そうかもしれない。猫とは偉そうなものなのではなく偉いのだ、とリネットの侍女が言っていた。我々、すなわちすべての人は猫に仕える下僕にすぎないのだと。

猫の王の物語とは、つまりそういう話であった。

ティグルはケットを抱えたまま獣道を歩き出した。

「兵士たちに悪戯を仕掛けたやつはこの先にいるんだな。何者なんだ」

「何にでも名前をつけるのは下僕たちの悪い癖だ」

意訳すると、「名前なんて知らない」ということだろうか。だんだんこの子の扱いがわかってきた。

「君はモルガンの手引きで来たのか」

「あの方の名をみだりに呼ぶでない。不敬であるぞ」

子猫は柔らかい肉球でティグルの胸を何度か叩いた。

「無論、余は王であるからして、あの方にお仕えしておる。あの方の求めに応じるのみ」

王が仕える相手、とはつまり神権を授与する者がいるということである。

「つまり、ええと。肯定と取っていいんだな」

口を開けばやたらに理屈っぽい。喉（のど）を撫でれば、ごろごろと喜ぶというのに。

広場に出た。いくつかの倒木が折り重なって生まれた、森の中の開けた空間だ。きのこが円環となって広場を囲んでいた。アスヴァール語では妖精の輪と呼ばれるものだ。

ティグルはアルサスの狩人に教えられて知っているが、こういったものは神秘的な要素と何ら関係なく、そういう生え方をする種類だというだけである。ただ、初めて見た者はさぞ神々しく感じるだろうなとも思う。

太陽はまだ昇りきっておらず、日の光はほとんど差し込んできていない。にもかかわらず、広場は輝いて見えた。

倒木についた苔(こけ)が光を放っているのだ。ヒカリゴケの金緑色と違い、黄金色の光を放っていた。広場を囲む太い木の幹がその光を浴びて赤銅色を帯びている。広場の中央には小さな沼があり、水面から無数の背の高い草が顔を出していた。

ここまではティグルの常識でもありえることだった。

問題はそれ以外の光景である。

その沼と倒木のまわりを、飛びまわる虫たちがいた。

蛍に似て発光しているそれは、よく見ると人の形をしていた。赤子の掌(てのひら)くらいの、蟲(むし)の羽が生えた小人だ。

「本物の、妖精」

その単語を、思わず口にしてしまう。

息をするのも忘れてその幻想的な光景を眺めていると、ケットがティグルの胸を肉球で叩いた。妖精の集う広場から視線をそらし、抱えていた子猫を見る。

ケットの緑の瞳が輝いていた。その光を覗き込んだとたん、ティグルは、はっと己を取り戻す。

「愚かな下僕だ。たやすく囚われよって」

「俺は危なかったのか」

「余が助けた。後ほど新鮮な川魚を所望する」

妖精の踊りに魅入られた者はあちらの世界に連れていかれて帰って来られなくなるという。そういえば、モルガンもそうしてあちら側に連れていかれた者の話を少ししていたような気がする。昔はよくあったことなのだと。彼女は精霊で、ここにいるのは妖精だが……どちらにしろ、この子猫は命の恩人だ。

「兵士たちのものを盗んだのは、あいつらか。いや、違うな。空を飛べるやつが足跡を残したりはしない。足跡が倒木の裂け目に続いているな。あの中か」

「余が行ってこよう。下僕、おまえは弓を構えていろ」

ケットはティグルの腕から抜け出し、かろやかに地面へ降り立った。

子猫は四つ足で広場に入っていく。妖精たちは突然の侵入者を知覚したようだが、いっこうに気にせず宙を舞い続けている。ティグルは弓に矢をつがえたまま、じっと待った。

ケットが倒木の裂け目にその身を滑り込ませる。

ゆっくり三十数えるほどの時間が経過したあと、子猫はひょっこりと裂け目から顔を出す。無事な様子にティグルは安堵（あんど）した。

ティグルのもとへひょこひょこ戻ってきたケットは、緑の目で抱きかかえることを所望する。ティグルが彼の要望を叶えると、気持ちよさそうな声で鳴いた。

「うまくいったのか」

「余を誰だと思っている。交渉ならば右に出る者はいないと三千世界に謳（うた）われた、猫の王であるぞ」

初耳の概念だ。

「ただ、少しな。少しだけな。ほんのちょっとだけな。対価を要求された」

「盗まれたものを返してもらうのに対価が必要なのか」

「所有という概念そのものが下僕的なのである。他者を行動させるには対価が必要だ。下僕も覚えておくがいい」

そういうものなのだろうか。ティグルは自分たちの世界の常識しかわからない。わからなくていいような気もする。

「なに、下僕ならばたやすいことだ。あれが光る金属に目をつけたのは、古き友への贈り物を欲したがゆえである。あれの古き友の好みは聞いてきた。猫の王の信頼によって、今頃、失（う）せ物は戻ったことだろう。あとは我々が責任を果たすのみである」

泥棒は、兵士たちに盗んだものを返した、ということか。

ただしそれはケットの顔によっての解決で、報酬を後払いする約束をしたということだ。そういう次第であれば、この子猫の顔を潰すわけにはいかない。

「わかった。俺にできることなら、なんでもしよう。といっても、本当に俺にできることなんだろうな」

「上等な蜂蜜酒をひと瓶。それだけだ」

ティグルはほっと胸を撫でおろした。これでおとぎ話のように竜退治などさせられては、また面倒なことになる。

竜退治。不可能ではないが、どうしても護衛の任務から外れることになるだろう。

それに比べれば、蜂蜜酒くらいティグルの懐でもなんとかなるし、必要ならばリネットに相談してもいい。もっとも現実的な彼女が猫の王や妖精の集会などという話を信じるだろうか。

面白いつくり話だな、程度に思われるのが関の山だろう。

思えば、円卓の騎士の伝説を収集していたといってもギネヴィアとリネットのスタンスはそこが違う。

ギネヴィアは、始祖アルトリウスが復活したと聞いて真っ先に陵墓を暴いた。彼女はアルトリウスが本物であり死者が蘇った可能性を真剣に考えたのだ。

もしこれがリネットであれば、きっとまずは頭から否定し、始祖を騙る偽者と判断して行動したであろう。

――そんなふたりだからこそ、相性がいいのかもしれないな。

為政者は、自分とは違う発想の持ち主を傍に置け。

リムがティグルに教えた領主の心得のひとつに、そういうものがあった。皆の発想が同じでは、皆して同じ落とし穴に嵌る危険性があるのだと。ギネヴィアとリネットの関係は、そういう意味でまさしく理想形だろう。

「ありがとう、ケット。本当に助かった」

ティグルは子猫の頭を撫でて、来た道を戻った。

途中、川のせせらぎが聞こえてくる。寄り道して、渓流を泳ぐ魚を矢一本で獲ってみせる。子猫はその魚を心からおいしそうにむさぼった。

その後、小走りに街道まで戻る。

部隊はすでに発った後だった。メニオがひとり、馬を二頭引いて待っていた。リムの指示だという。

「いったい何があったのかわかりませんが、ケットがご迷惑をおかけしてませんでしたか」

「なんで、ケットが一緒だとわかったんだ」

「ティグル様を追いかけていったんですよ。止める間もなくて。でもティグル様が一緒なら、きっと大丈夫だったんだろうなと」

　とんでもない、この子猫のおかげで妖精のまじないに囚われずに済んだ、命が救われたんだよと告げるべきかどうか迷った末……。

「大丈夫だったよ。すべて解決した」

　とだけ告げ、眠そうに目を細める猫の頭を撫でる。ケットは肉球でやさしくティグルの腕を叩いた。それでいい、という意味だろう。

　馬に乗り、メニオと共に街道を駆ける。

　昼になる前に、何事もなくリネットたちに追いついた。

「兵士たちの盗まれたものはいつの間にか戻ってきました」

　リムが説明してくれる。騒ぎにはなったが、彼らが置き場所を忘れていただけだろうというあたりに落ち着いたのだと。

　たとえ妖精が関与していたとしても、人は事件の陰にそんなものがいたなどと認めない。自分の見たもの、常識の範囲内で解釈し、それで納得する。

　そういうものだし、それでいいのだろう。ひょっとしたら、昔は違ったのかもしれない。だが今はそういう時代ではないのだ。

　そのはずだったのだ、本来は。

　なのに、偽アルトリウスは三百年の時を経て蘇った。円卓の騎士の何人かと、戦姫がひとり、それからあの弓の王を名乗る人物。

あれらにはきっと、妖精や精霊といったものが関与している。本来のこの、光差す場所にはあってはならぬ何かが、堂々と表に出てきてしまっている。

それが何を意味するのか、ティグルにはわかりかねた。

あまりよい兆候ではないような気がする。

第3話　サーシャとアルトリウス

時は少し遡り、会戦から数日後。

サーシャことアレクサンドラはコルチェスターに戻り、王宮へ赴いていた。

王宮はアルトリウスを名乗る者とその一味に占拠されて以来、静まり返っている。数体の竜が棲み、来訪者を食らうという噂は半分くらい真実だ。

どうやって見分けるのかは不明だが、竜たちはアルトリウスとその一味が認めた者に襲い掛かってこないし、それどころか普段は姿も見せない。もっともコルチェスターの住民はここに竜が棲んでいると知っているし、怯えて王宮には一歩も近づかなかった。

一部の者が出仕しているものの、宮廷で行われるべき政治は大部分が機能を停止している。それでもアルトリウスは不思議な力でもあるのか、己に従う諸侯に的確な指示で裁定の使者を送っていた。

領主同士のもめごとのうち半分くらいは、領主たちがそれを認識する前に鉄兜をかぶった騎士がやってきて、アルトリウスの指示を伝えるのである。裁定はおおむね納得できるものであったし、たとえ納得がいかなくともアルトリウスの権威に逆らう者はいなかった。誰だって竜の餌にはなりたくはない。

裁定の使者と呼ばれるこれらの者たちは、人前ではけっして鉄兜を外さず、剣と槍に熟達した者のものごしで、黒い大柄な馬に乗って来る。必要以上のことは語らず、色にも金にもなびかないと言われていた。

愚かな領主が裁定の使者を脅しつけたときも落ち着いた声色は変えずに「では陛下にそのように報告いたします」と返答し、剣を向けられるや否や鋭い動きで反撃、この領主を斬り殺すとその息子を後任に指名して立ち去った。

この領地に対してアルトリウスからそれ以上の追及はいっさいなかったが、新たに領主となった息子は二度とアルトリウスにも、裁定の使者にも逆らわなくなったという。

裁定の使者の数は、最低でも十数人から最大で数十人。多くても五十は超えないだろうと思われた。アルトリウスの腹心であり、彼の命令だけに従う忠実な騎士であるようだ。彼らの活躍のおかげで、アルトリウス派は統制のとれた軍を指揮することができている。

その正体は、赤黒い武器を渡された者たちであっても知らされていない。

――もっとも、円卓の騎士たちは薄々何かを察しているようだね。

サーシャは考える。

謁見の間の玉座に腰かけたアルトリウスに対面し、彼のねぎらいの言葉を聞きながら、であった。

「円卓の騎士アレクサンドラ、いや親しみを込めて、これからはサーシャと呼ばせてくれたまえ。軍は敗北したが、君はよくやった。まさかこのアスヴァールに海を越えて当代の戦姫が現れるとは、わしにも予想できなかった。これは君の失態ではない。敵の戦力を見誤った、わしの失態だ」

アルトリウスは敗戦について「勝負は時の運、次はうまくやればいい」と鷹揚だった。サーシャの怪我について本気で心配し、よく療養してくれと告げる。声色はやさしく、心がこもっていた。それがどこまで彼の本心かは、わからない。だが為政者として有能であることは理解した。

彼には高い知性と、見るものが思わずひれ伏してしまうような天性のカリスマがあった。配下に対する慈悲と寛容さ、敵に対する苛烈さを併せ持っていた。およそ人が考える限り最高の統治者だ。

吟遊詩人に謳われるアスヴァールの始祖の伝説はたいそう盛られていると思っていたが、現実がそれを上まわる完璧な存在だったとは。

二度目の生で別の主に仕えることに少しためらいがあったサーシャだが、彼は考えられる限りもっとも理想の主であった。この点について不満はいっさいない。

「ところで、傷の治りが遅いとのことだが」

「はい、陛下。他の武器に傷つけられたところはすぐ治ったのですが、リムアリーシャの持つ青い剣からひと太刀受けた左腕は、未だにほとんど力が入らないのです」

「古の弓の王も同じことを言っていた。時が経てばもとに戻るだろう、とも。湖の精霊の助力であろう。あれは固有の名を持たぬ、まつろわぬ神の従僕、その残滓。本能的に聖杯の力を嫌うがゆえ、ありうることだ」

聖杯。そう、それこそがサーシャに二度目の生を与えたものだ。神器、であるという。生前、矮小な身体が病に負けて朽ちる寸前、とある存在と接触したことにより、サーシャはその事実を知った。

それは言った。

「僕に従い魔物を滅ぼす手伝いをして欲しい。代償として、新たな生と病に負けぬ頑健な身体を与えよう」

罠かもしれない、とは思った。だがそれでも、このまま朽ちることはできないと思った。

あの人生には、多くの後悔があった。身体がまともに動けばできることはたくさんあるはずだった。なにひとつ生きた証を立てぬまま消えていくのに我慢ならなかった。

だから、誘いの手をとった。

そして今がある。

「そうそう、リムアリーシャという者は、生前の君の知り合いという話だったね。サーシャ、彼女について教えてくれないか」

「知り合い、といっても彼女は、当時僕と同じ戦姫であったエレオノーラの副官です。エレオノーラとは違い、お互いを愛称で呼ぶほどの仲ではありませんでした」

もっともそれは、リムアリーシャが副官としての立場をけっして崩そうとしなかったからだ。エレンのことについて彼女と話すのは楽しかったし、エレンとリムアリーシャの関係を羨ましいと思ったこともある。だがそれらは些末な私事で、わざわざ王たる身に語るべきことではない。

「それでもよろしければ……」

と彼女が言った、その直後のこと。

男性の下卑た笑い声が、謁見の間に響いた。

振りむけば、ひとりの男が入り口に立っている。見上げるような巨躯だった。褐色の肌を革鎧で包んでいる。鎧からはみ出した四肢の筋肉がたくましく盛り上がっていた。特徴的なのは黒髪のところどころが緑色をしていることだろう。

先日の会戦の終盤で乱入した男だった。男は哄笑しながら、まるで我が庭のように堂々と謁見の間へ入ってくる。

「無駄、無駄、無駄ですぞ、偉大なるアスヴァールの王よ、人の支配者よ。あなたの実力があれば、敵の将がなんであれ、ひとひねりでしょう。何をモタモタしているのです。あなたが剣を持って戦場に出れば、いかなる者であれたちどころに討ち取れるでしょうに」

「モードレッド」

アスヴァールの始祖は、静かにその男の名を告げた。さきほどまでとは違い、冷徹な雰囲気がある。サーシャですら思わず身がすくんでしまうほどの、剣呑(けんのん)な気配があった。まるで別人のようだと感じる。

「何をしに来た」

アルトリウスの詰問(きつもん)の声に、モードレッドと呼ばれた褐色の男は片眉をつりあげた。両腕を、大袈裟(おおげさ)に広げてみせる。

「何を？　それはまたご挨拶(あいさつ)ですな、陛下！　さきほどの会戦では敵軍に大打撃を与え、撤退するアレクサンドラ殿を支援し、まさに獅子奮迅(ししふんじん)の働きをした俺を！　そして今もまた、父上のお言葉を伝えるため、はるばる参上したというのに！　ああ、なんと！　なんと！　冷たいお言葉なのでしょう！」

たいそうな言葉を並べてみせるが、モードレッドを睨(にら)むアルトリウスは眉をひそめただけだった。サーシャもかたわらに来た男を睨む。彼には言いたいことがあった。問わねばならぬことがあった。

「モードレッド殿。報告によれば、あなたは敵味方の区別なく雷を降らせ、味方の兵士にも多大な犠牲を出したそうですね」

「おお、これはこれは、ジスタートの戦姫殿。アスヴァールの戦はいささかお気に召さなかったようで、此度(こたび)は残念なことでしたな」

　モードレッドはにやりとする。

「味方に被害を出したのは痛恨なれど、あの混乱した場では致し方なかったこと。そもそも、あなたが一騎打ちにこだわり指揮を蔑ろにしたのが原因では？」

「僕は……」

「双方、そこまでにしておけ」

　サーシャが何かいいかける前に、機先を制してアルトリウスが口をはさむ。

「今はその話をしていた」

「王より叱責を賜る最中でありましたか。お邪魔したようですな」

　――アルトリウス陛下には、むしろ気遣われてしまったのだけどね。

　そうは思ったが、この向き合うだけでも虫唾が走る男と会話したくないあまり、サーシャは口を閉じる。

　それをなんと勘違いしたか、モードレッドはまたおおげさに嘆いてみせた。まるで口説き文句のように、サーシャをたおやかな花に例えてみせる。その美しさは戦場ではなく宮廷の庭園で、舞踏会で愛でるべきものだと言って……。

　サーシャの胸もとに手を伸ばしてくる。

「僕は壁に飾られるために蘇ったわけじゃない」

　思わず、そんな言葉が口を突いて出た。

自分でも驚くほどに鋭い声だった。同時に、モードレッドの手を払いのけようとして……。

身体が硬直し、身動きが取れなくなった。

──誓約か！

サーシャは唇を噛んでモードレッドを睨む。モードレッドは、驚いたように手を止め、身を離した。

「おっと、おっと。これは失礼、失礼。ご婦人の機嫌を損ねてしまうとは痛恨の極み」

「そのようなことを言いに来たのではないだろう、モードレッド」

助け船を出すようにアルトリウスが口をはさんだ。

「さっさとマーリンの伝言を伝えて欲しいな。悪しき精霊（アンシーリーコート）の子よ、ヒトとヒトならざる者の混ざりもの、現世（うつしょ）と幽世（かくりよ）の狭間（はざま）に棲む者よ」

「今、なんと言った？」

うんざりした様子のアルトリウスの言葉のうち、どこが引っかかったのかはわからないが、モードレッドは表情を消して玉座を見た。

その右手が震え、稲光のような輝きが指先で散った。

そう、そうなのだ。サーシャは知っていた。目の前のこの男が尋常な男ではないことを、理解していた。彼は精霊とヒトとの間に生まれた存在だ。緑の髪はその証なのである。故にこその、戦場におけるあの恐るべき力の発露であった。

「アルトリウス。人形の分際で俺に大層な口を利くな」

モードレッドは侮蔑するような声でそう告げると、まるで石でも投げるように右手を振った。その指先から高い音が響いたかと思うと、まばゆい雷光が玉座を襲う。

玉座に座るアルトリウスは微動だにせず、その雷光を受け止めた。いや、雷光はアルトリウスをすり抜けたようにもサーシャには見えた。

彼女は知っている。以前、モードレッドのこの攻撃を受けた騎士が全身を焼かれ、断末魔の悲鳴をあげたことを。馬や大猪も一撃で打ち倒したことを。彼自身は、この力があれば竜すらも敵ではないと、常々豪語していることを。

先の会戦において、雷に打たれて死んだ兵士は百名を超える。そのうち半分はサーシャの配下であった。顔見知りもいた。

はたして、自慢の一撃を受けても無傷だった王の態度に自尊心を傷つけられたのか、モードレッドは舌打ちして身を翻す。

「父上のお言葉だ！　まずはジスタートに潜む魔物を狩り出すのがよろしい！　以上！」

謁見の間中に響く大声でそう叫び、退室する。

その姿が回廊の奥に消えたあと、サーシャはおおきく安堵の息をついた。その様子を見たアルトリウスが笑う。

「やはり、あれにはイライラしてしまうな。自分の運命を他人にいいようにされるのは、もうたくさんだ」

サーシャは、ふと思う。三百年前、彼に、円卓の騎士たちに、何があったのだろう。どうして彼らは、二度目の生を選んだのか。何の心残りがあったのか。

どうして、自分はあの邪悪な存在の口車に乗ったのか。

この生はけっして全てが自由というわけではなく、サーシャたちは悪しき精霊の意のままに動く人形に過ぎないというのに。

そう、人形だ。モードレッドの言葉は真実だった。誓約がある。サーシャたちの今の命は悪しき精霊に紐づけられている。あの存在に逆らうことも、あの存在に危害を加えることもできない。

誓約は、あの存在の血を継ぐモードレッドに対しても有効であった。サーシャは彼に逆らえない。アルトリウスも同じだ。弓の王とて、そのはずなのだ。

もっとも弓の王に関しては、アルトリウスすら超越する何かを感じる。対抗策を用意していても不思議ではないのだが……。

「サーシャ。不自由をかけるが、我慢してくれたまえ」

「もったいないお言葉です、陛下」

彼に心服している自分を感じている。その声を聴くだけで安心する。

これが真の威厳というものなのか。前の生では知らなかった、認知すらしていなかった。人の上に立つものとはかくあるべきなのか。

「大陸からわが騎士たちを呼んだ。しばらく休むがいい。下がってよろしい」

サーシャは頭を下げて謁見の間から退室した。

アルトリウスが呼んだ騎士とは、おそらく彼らだ。正直、軍を任せるには頼りないが、個としての精強さでは己に勝るとも劣らぬ者たちである。彼らになら、自分の後を任せることができる。

左腕を押さえた。未だ力が入らない。リムアリーシャに傷つけられてから、この身体が重い。アルトリウスが湖の精霊と呼ぶ存在が与えたという、あの竜具にも匹敵する剣はいったいなんなのだろう。

「身体が動かなくなるのは、恐怖だな」

サーシャには、その記憶がある。自分のものとは思えないほど身体が重くなっていく、あのおそるべき感覚を未だ忘れていなかった。病に冒された己の身が、日に日に瘦せ衰えていく絶望である。

サーシャは、普通の身体こそが欲しかった。

夜寝るとき、また次の朝が来ると確信できる、ごく普通の身体を切望して、そしてそれはあの生ではついに叶えることができなかった。

「青い剣につけられた傷も、しばらく休めばもとに戻る、と弓の王は陛下におっしゃった」

素晴らしいことだ。

それでも、一抹(いちまつ)の不安を感じてしまう。どこかに、己の身体を信じきれない自分がいる。それは彼女の心の奥深くに刻まれた宿業だった。

これほど健康な肉体を得てなお、いつか突然、病によって身体の自由を奪われるのではないかという不安である。それは彼女にとって、忌(い)むべき弱みであった。克服するべきものであった。

「だから、かな。僕が必要以上にあの男を憎むのは」

先ほど、モードレッドを目にしたときの憎悪の念を自己分析する。

サーシャのこの新しい生において、唯一、課せられた誓約。それが悪しき精霊への服従の契約だ。モードレッドの存在はその誓約を思い出させる。誓約は、身体の不自由を想起させる。

彼女の忌むべき過去を。

故にこその、反発だ。無論、彼がサーシャの肉体を、じろじろとこれみよがしに眺めていたことも無関係ではないのだが……。

「肉体、か。そうか、今の僕は、女として魅力的に思えるのか」

皮肉な笑みを浮かべた。

死病にかかり、衰えていく一方だった過去の自分には、想いを遂げるような相手もいなかった。男たちは病弱な彼女を忌むべきなにかと捉えていた。無理もないと、自ら彼らを遠ざけた。

それでいい、と思っていた。自分はほどなく消えるのだから。それでもわずかに残った悔恨の念。芽生えてしまったその願望を叶えようと唆してきたあの存在。

サーシャはためらわず、その手をとった。

結果、かつての親友の大切な友人と対立している。

リムアリーシャ。彼女がこのアスヴァールの地に来たのは、サーシャが遺言でエレオノーラにレグニーツァの地を託したことが遠因となっている。さぞ迷惑をかけたのだろう。そう考えると申し訳なく思うところもあった。

——エレンはきっと、今の僕を許さないだろう。

だが、それでも。決めたのだ。この生は思うがままに生きると、そう強く信じた。

故にサーシャは、リムと戦うことを迷わない。

戦姫のヴァレンティナは、そもそも生前から距離をとっていた相手である。彼女の行動には厄介な不気味さを感じていた。今となってはどうでもいいことだが、ひょっとしたらジスタートの王に対して翻意を抱いていた可能性すらある。

「為政者、か」

サーシャはレグニーツァの為政者としてどうだったか。

権威としてはともかく、行政の長としては失格だったと思う。病が深刻となってからは、戦姫がいなくても行政がまわるように組織された公国の仕組みに助けられてばかりであった。死してのちは、そのレグニーツァに対して侵略する側にまわっている。およそ為政者に対して偉そうなことを言えた立場ではない。

急激に疲労を感じた。思考が悪い方へ、悪い方へと向いてしまうのも、疲労のせいだろう。身体の状態がいかに正常な思考を妨げるか、サーシャはよく知っていた。

「休むべき、なのだろうね」

サーシャは王宮の彼女にあてがわれた部屋に向かった。この王宮は人の気配がないというのに、不思議と必要な部屋だけは優秀なメイドでもいるかのように整えられている。

円卓の騎士パーシバルは、ギネヴィア派との戦いに赴く前、「妖精のメイドでもいるのだろうさ」とうそぶいていた。はてさて、これもまたあの王の力の一端なのであろうか。

いずれにせよ、清潔なベッドがあるのは素晴らしいことだ。サーシャは部屋に入る。水差しの水を一杯、飲んだ。ベッドに倒れこむ。またたく間に眠りに落ちた。

夢も見なかった。

†

サーシャが目を覚ますと、朝だった。猛烈な喉(のど)の渇きを覚える。

いつの間にか水差しいっぱいに綺麗な水が入っていた。人の気配がすれば目が醒(さ)めるはずだったが、部屋に誰かが入った様子はまったく感じられない。にもかかわらず、この不思議な有様である。もう慣れてしまったが、いったいどういうことなのだろう。

　喉を潤し、立ち上がる。

　浴場に向かった。もともとは王族だけが使っていたという豪奢な浴場を、アルトリウスは気前よく開放していた。現在、この王宮には彼と自分しかいないはずだ。少数の腹心が街から出仕してくるには、いましばらく時間がある。

　これもまた何者かによって毎日、綺麗に清掃され常に湯が満たされている浴場に向かい、寝汗を流す。

　改めて己の身体を見下ろす。全身、傷ひとつない。ティグルという男から受けた傷はいっけん完全に癒えていた。しかし相変わらず、リムアリーシャに傷つけられた左腕は、まだあまり力が入らない。これでは剣を取り落とさないようにするので精一杯だろう。あの青い神器の力は、おそるべきものだった。

　弓の王を名乗る人物も、同じ武器によって右目に傷を負った。蘇ったサーシャたちの身体は本来のものより頑健で、多少の傷ならさして時を待たずして癒えてしまう。たとえ神器からの攻撃であっても例外ではない。蘇った者たちの身体に対して、リムアリーシャの武器だけが特別なのだ。

　何より、とサーシャは彼女の目を思い出して考える。

「エレン、君の親友は、このアスヴァールの地でいい経験をしたみたいだ。いずれは君を超えるかもしれない」

ジスタートにおいて、ライトメリッツでエレンの副官として活躍していた頃のリムアリーシャには、安心感と信頼感、それと主に対する強い依存があった。いつもエレンの後ろ、一歩退いたところにいた。もし彼女と戦うことになっても、恐れの感情は抱かなかっただろうと確信できる。

だが、先日の彼女はどうだ。サーシャは恐怖の感情すら抱いた。その貪欲な勝利への執念に。どこまでもあがいて相手を倒すと、前に前に出てくるその気迫に。素晴らしい好敵手だった。今の彼女にでなら、心の底から讃嘆の念を抱くことができる。

「彼女を変えたのが、あの弓の使い手なのだろうね」

ティグルヴルムド＝ヴォルンといったか。サーシャは知らない青年だった。年はエレンと同じくらいだろうか。ふたりの間には、強い絆を感じた。きっとそれはサーシャが前の生でついぞ得られなかった類いの絆だ。まぶしく感じた。

それは今生のサーシャに関係のないことだ。切り捨てなければならないものだ。サーシャはいつだって切り捨ててきた。以前の生は、己の執着をひとつひとつ捨てていく日々だった。彼女はそういう生き方しか知らない。そういう生き方しかできない。

少なくとも、これまではそうだった。

いまの、この健康な身体を手に入れた自分はどうなのだろう。悪戯心が湧いた。

行儀の悪いことと理解しつつ、試みに浴場で泳いでみた。水泳は得意ではなかったが、手はスムーズに水をかき、足は湯を撥ねて高い音を浴場に響かせた。身体が浮き、水の抵抗に逆らって動く様子に、思わず笑ってしまった。

「こういうのも、悪くない。身体がなまるときは、川で泳ぐのもいいのかもしれないね。しばらくは待機が続くだろう」

サーシャは皮肉に呟く。

「戦いに身を投じるために、僕は第二の生を受け入れた。なのに戦えない日々が来るとは、もどかしいものだね」

それはひとりごとだった。誰かの反応を期待しての言葉ではなかった。だが。

「なんと、なんと殊勝なお言葉か！」

浴場に男の声が響いた。慌てて振り向けば、そこに立っていたのは黒髪の中にところどころ緑の髪がある大柄の男だった。

「モードレッド殿」

サーシャは驚愕した。いつの間に入ってきたのだろう。この王宮には自分とアルトリウスしかいない、この男はすでにコルチェスターから立ち去ったと思っていたし、確かに充分な警戒をしていたとは言えない。

それでもまったく無頓着だったわけではない。戦姫として、何度も刺客を送られたことがある。無意識のうちに周囲の気配を読む癖はついていたはずだった。

いくら思索していたとはいえ、裸のときに男の接近を見逃すほど気が緩んでいたとは思いたくなかった。だとすれば、この男はそれほどの気配遮断能力を持っていることになる。油断ならぬ相手だった。

「この浴場は今、僕が使っている。男性はご遠慮願いたい」

「いえいえ、お気になさらずともよろしい。俺はあなたに興味があって来たのだから」

まるで話が通じない様子で、見上げるほどの巨躯の男はずかずかとサーシャのもとへとやってくる。その目は好色そうに彼女の胸もとに吸い寄せられていた。

サーシャは悪寒を押し隠し、身体を隠さず男を睨んだ。反射的に右手の拳を握ったあと、おおきく息を吐いて握り拳を崩す。モードレッドはにやりとした。

「よくわかっておいでだ、アレクサンドラ殿。あなたは俺に拳を叩きこむことができない。父との誓約によって聖杯の力で蘇ったあなたは、父と父の血を継ぐ者に対して危害を加えられない。残念でしょう。さぞや無念でしょう。ですがあなたは、今、まったくの無力なのです」

「さて、試してみるかい？」

「では自由にさせてもらおう」

モードレッドは舌舐めずりすると、サーシャの身体をとん、と押した。避けることもできず、よろける。太い右腕が伸びて、浴場の壁に身体が押しつけられた。胸を無造作にわし掴みにされ、思わず身を硬くする。まるで少女のようにぎゅっと目をつぶった。

首を掴まれ、醜い呻き声をあげてしまった。胸を揉みしだかれる嫌悪感にせめて身体が震えないよう懸命にこらえる。

そのとき、彼女の首を拘束するモードレッドの腕が離れた。ふわりと身体が浮く。

目を開けると、すぐそばにアルトリウスの顔があった。普段、機転のきくサーシャだが、さすがに自分の身体が左手一本で抱えあげられていると気づくまで一拍置くほどの間があった。

アルトリウスはサーシャを抱えたままモードレッドから十歩ほどの距離まで離れると、彼女を床に下ろし、肩からタオルをかけた。

彼もまた誓約があるにもかかわらず、どうやってモードレッドから自分を解放したのか。まだ事態をよく認識できず、床にへたり込んだまま、ぽかんとアルトリウスの顔を見上げる。

「何のつもりだ」

自分の欲望の邪魔をされた男が、憎々しげに吐き捨てる。アルトリウスはサーシャから視線を外し「離れていたまえ」と告げた。サーシャは慌てて立ち上がり、対峙するふたりの男から距離をとる。まるで無力な生娘のような自分に苦笑いしてしまった。

「自分が何をしたのかわかっているのか、アルトリウス殿。俺は父の遣いである」

「昔から、権威を笠に着て暴虐を振るう徒には我慢がならなくてな。気に喰わぬ者を殴り倒しているうちに、王となっていた。始祖などとおだてあげられていても、実情はそんなものだったのだよ」

「誓約により俺に勝てぬと知って、その言葉を吐くか！　ならば少々、仕置きをしてやろう！　動くな！」

モードレッドが左手を振った。まばゆい雷光がサーシャの瞳を焼く。アルトリウスは雷をその身に受け……しかし、顔には笑みを浮かべたまま微動だにしなかった。

横から見ていたサーシャには、またも雷が彼の身体をすり抜けたように見えた。彼女の目では捉えきれぬ動きで避けたのだろうか。

それでも完全に立ち位置が変化しないのは奇妙だ。何らかの無効化の秘術を使った可能性もあるが、サーシャや彼の誓約のひとつには直接的な命令に対する一定限度の絶対服従も存在する。モードレッドが動くなといった以上、アルトリウスはそれに逆らえなかったはずだ。

ではアルトリウスは何をしたのか。何もしなくとも、モードレッドの雷など効かぬということか。

「この……生意気な！」

モードレッドは顔を憤怒に赤くし、右手を軽く振った。

手の中に緑色の穂先を持つ槍が出現する。褐色の男は十歩の距離を一瞬で詰め、アルトリウスの胸もとに深々と槍を突き刺した。

サーシャは鮮血が舞うことを予期して「あっ」と声をあげる。

だが、そのような事態にはならなかった。モードレッドが槍を引き抜いたとき、アルトリウスの身体にも衣服にも傷ひとつなく、彼は、まるで最初から槍など刺さっていなかったかのように平然としていたからだ。

「きさま、何をした！　言え！」

「わしは何もしておらぬ」

「嘘をつけ！」

「本当だ。誓約がある以上、嘘はつけぬはずだろう？」

なおも抗議の声をあげようとしたモードレッドだが、またも浴場に響いた高笑いがそれを遮った。皆がそちらを見る。いつの間にか、そこにもうひとりの人物が立っていた。

赤い髪の、男とも女ともつかぬ人物だ。弓の王、と自称するその者は、最後にサーシャが見たとき、片目を失っていた。だが今はその目も元通りに復活して、面白そうな顔でアルトリウスとモードレッドのやりとりを眺めている。

「面白い見世物だ、実に滑稽だ。アスヴァールの始祖よ、半精霊よ、もっとわれを楽しませたまえ」

「貴様っ！」

モードレッドは弓の王に怒りを向けた。今度はこのふたりが睨みあう。

「われにも試してみるかね。もっとも、あの程度の誓約は……」

「喋るな！」

「われには効かぬ」

「黙れ！」

「悪しき精霊本人ならばともかく、その血も薄いおぬし程度の矮小な言葉など」

「黙れといっている！」

「さて、この耳に届くかどうか」

モードレッドは確かに誓約を発動させたはずだった。しかし、弓の王は言葉の通りやすやすとそれを打ち破り、語り続けた。

最初から、そのようなものは存在しないとでもいうように。

サーシャは信じられないものを見たと、目をおおきく見開く。誓約はアルトリウスにすら効いていたはずだ。彼とて尋常ならざる力を持つ者である。おそらくはヒトを超えかけた存在だ。やはり弓の王とは、そのアルトリウスすら上まわる何か、ヒトを完全に超えた存在なのだろうか。

モードレッドが、つかつかと弓の王へ歩み寄る。一触即発のピリピリとした雰囲気に、サーシャは身が震える思いだった。これが、本能的な恐怖というものか。

モードレッドは槍を手にしたまま、弓の王の前に立つ。

「動くな！」

「ふむ？」

弓の王が、これみよがしに左手をあげ、後ろ頭を掻いた。

それからモードレッドを見て、口を開く。

赤い舌を、べえ、と出した。

滑稽なしぐさだったが、誰も笑わなかった。

「き、貴様」

モードレッドはぶるぶると震えたあと、かろうじて怒りを抑え……。

「勝手にするがいい！」

弓の王の傍を通り抜けて、大股で浴場を出ていく。

回廊を去っていく彼の足音が響いた。やがてそれが消えたあと、サーシャはおおきく息を吐く。そのときになってようやく、自分が息を止めていたことに気づいた。

「嫌な予感がしたのでね。直感に従って正解だった」

弓の王が、サーシャとアルトリウスに笑いかける。

「あれは面白い道化だな。われが宮廷を持っていたら、ひとり欲しいところだ」

「あれを面白いといえるのは君くらいではないかな。わしはいささか不快だ」

「なあに、人生、楽しもうと思えば何でも楽しめるものさ」

——格が、違う。

サーシャは改めて実感させられた。自分とアルトリウスにも隔絶した力の差を感じていたが、この弓の王はさらにひとつかふたつ、存在の階位が違う。そんな彼が味方でいることの、なんと安心できることか。

サーシャは弓の王に頭を下げ、礼を言った。弓の王は鷹揚にうなずき、若い者は身を大切にしなさいと年寄りのようなことを言う。

アルトリウスが笑った。それを言ったら君もな、と今度は弓の王がアルトリウスに笑いかけた。

なんとも、仲がいいことだ。素晴らしいことだ。サーシャは安堵した。

「さて、我々はさっさと立ち去るとしよう。サーシャ、こんなことがあった後だが、よければもういちど、我が浴場を堪能して欲しい」

アルトリウスはそう告げて、弓の王と共に浴場を去る。

サーシャは言われた通りにした。

そののちのこと。

サーシャが改めて弓の王に礼を言おうと謁見の間に向かったところ、アルトリウスより、すでに彼は立ち去った旨を告げられた。今もジスタートに滞在するアルトリウスの海軍を指揮するため向こうに戻ったのだという。

「今度こそジスタートの魔物を退治すると張り切っていたよ」

「やはり、いるのですか」

「それも王のすぐ近くにね。嘆かわしいことだ」

ジスタート。かつての祖国。前の生において、サーシャは戦姫として、王の忠実な部下として仕えていた。かの国の暗部について、気にならないといえば嘘になる。

モードレッドは王宮から完全に姿を消したとのことだった。どこに向かったのかは、まったく手掛かりがないという。弓の王が言うには、「彼は自尊心が高い。しばらく君たちの前には現れないだろう」とのことだった。

「それと、朗報だ。我が騎士たちが港についたと連絡があった。間もなくここに来るだろう」

続けて、アルトリウスはそう告げた。

「ガラハッド卿、そしてボールス卿。いずれもわしが信頼する騎士たちだ。彼らならば、必ずやギネヴィア派の神器持ちたちを討ち取ってくれるだろう」

アスヴァールで今も信仰される円卓の騎士たち。そのなかでも特に高名なふたりの名を挙げた。

†

村が焼けていた。逃げる母子の背に雷光が突き刺さり、断末魔の悲鳴があがる。阿鼻叫喚の地獄絵図の中心にいるのは、モードレッドだった。

狂ったように笑いながら、巨躯の男は村で虐殺を繰り広げていた。ここが反乱軍に与する村だというのがその理由だ。もっとも、この一帯はコルチェスターからだいぶ距離があるため領主は未だ中立派で、アルトリウスとしても無理に自陣営に引き込もうとはしていない。

だからこそ、都合がよかった。

猛る己の獣性を解放するためにも、己の力を再確認するためにも。

左手一本で握られた緑の穂先の槍が向かってきた男の胴体を刺し貫く。

「なんだ、ちゃんと死ぬじゃないか！」

モードレッドは顔に喜色を浮かべる。手から生み出した電撃で逃げ惑う村人たちを焼き殺していく。騎士とおぼしき鋼鉄の鎧に身を包んだ男が憤怒の表情で騎乗突撃してきた。モードレッドは酷薄な笑みを浮かべて、右手を突き出した。たくましい馬の突進を、がっしりと受け止める。

骨が砕ける音が響き、自重を一点に引き受けてしまった馬の頭部が弾け飛んだ。騎士の顔が驚愕に歪み、突進の勢いでその身体が宙を舞う。鎧を着たまま地面に叩きつけられた男は、口から血を吐いたまま、二度と立ち上がることができなかった。

「馬鹿な、なんという膂力か。化け物め、化け物め、化け物め！」

モードレッドは高笑いして騎士に槍を突き出し、トドメを刺した。

「化け物、いい言葉だ。そうだ、俺は特別なんだ。俺を恐れろ。逃げ惑え！」

小屋に雷撃を見舞う。火のついた小屋から高い悲鳴があがり、背中が燃えた男と女が転がり出てくる。女は赤子を抱いていた。

「まだ隠れていたのか」

モードレッドは新しい獲物を見てにんまりとする。

「おまえたち、哀れに命乞いしてみろ。面白ければ生かしてやる」

男女は土下座して、哀れみのこもった声でモードレッドに嘆願した。赤子が泣く。かん高い泣き声がひどく耳障りだった。

「もういい」

男に雷撃を浴びせ、焼き殺した。次に赤子の母親を犯した後、手刀で首を飛ばした。

泣きわめく幼い子供だけが残った。モードレッドは槍の穂先で子供の服の紐をひっかけ、高々と持ち上げる。

「そら、そら。高い、高いだぞ。どうだ、嬉しいか」

子供はいっそう悲鳴をあげた。

「うるさい」

　モードレッドは槍を軽く振った。幼い身体が吹き飛び、近くの家の壁面に衝突する。鈍い音が響き、人間だったものはひき肉のように潰れた。血と肉の跳ね返りを浴びて、モードレッドは真顔になる。

「つまらん。こんなものか」

　熱狂が過ぎてしまえば、退屈さだけが残った。それでも、胸の奥にささったしこりは消えていた。安堵する自分に気づく。

　――安堵？　つまり、俺は不安だったのか？　怯えていた？　いったい何に？

　その先を考えようとしかけて、モードレッドは首を横に振った。

「馬鹿な」

　ありえない。そんなこと、あってていいはずがない。

　自分は特別な存在なのだ。悪しき精霊とヒトの間に生まれた存在。ヒトに優越する存在だ。何かに怯えるなどあってていいはずがない。

　それがたとえ伝説の中の人間や伝説の彼方に消えた誰かであっても、だ。

「あんなやつら、大したことねえ。どうせ、仕掛けがあったに違いない」

　そうだ、きっとそうに違いない。自分としたことが、騙されてしまった。あまりに不遜な態度にごまかされて、本質を見失っていた。

　アレは所詮、蘇ったモノだ。本物ではない。好きにしていいモノなのだ。父から聞かされていた知識を総合して、モードレッドはそう判断する。

自分の命令に逆らえぬ奴らは、一度、徹底的にやりこめる必要があるだろう。どちらが上か、はっきりさせなければならない。

今すぐコルチェスターに戻って……。

とそこまで考えたところで、弓の王のあの目を思い出してしまう。

射すくめられてしまった、気おされてしまった、あの冷徹な瞳を。

舌打ちした。

「コルチェスターは、また今度だ」

思い直し、きびすを返す。村の外へ歩き出す。

「ちくしょう、ちくしょう、ちくしょう！」

森の奥から聞こえるモードレッドの叫び声が、住民の死に絶えた村にこだました。

†

港の船から下りてきたふたりの騎士を、アルトリウスはじきじきに出迎えた。今日のアルトリウスは、ついてきたサーシャが驚くほど機嫌がいい。陽気にふたりの騎士を抱擁し、大陸での苦労をねぎらった。騎士たちはさして恐縮することもなく、互いに肩を叩いてアルトリウスと再会を祝う。

　ひとりは革鎧をまとった壮年の男だった。長身で、口髭をピンと伸ばしている。彼は円卓の騎士ボールスと名乗った。礼儀正しくサーシャの容貌を褒め、負傷をねぎらい、ついでとばかりに「仕草がいいねぇ。たいそうな剣の使い手とみた。後で遊んでもらえるかい」と剣呑な笑みを見せる。

　もちろん即座に承諾した。

「伝説の円卓の騎士と手合わせできるなど、願ってもない機会だ。これだけでも、蘇った意味があるというものだね」

　もうひとりは板金鎧を着た若い男で、アルトリウスと対面しているときもひどく無口であった。いつものことなのか、アルトリウスもボールスもいっこうに気にしていない。彼はサーシャに対して円卓の騎士ガラハッドと名乗り、ぺこりと頭を下げた。

「円卓の騎士アレクサンドラ、貴公の剣を楽しみにしている」

　アルトリウスとボールスが揃って驚いた。まさかこんなに多弁とは、とのことだ。普段、どれほど無口なのだろう。

　アルトリウスが王宮に戻ったあと、サーシャと円卓の騎士の手合わせは、練兵場を借りて行われた。

　見物の兵士が集まる中、サーシャとボールスは訓練用の刃を落とした剣一本でぶつかりあった。ボールスは実直な剣さばきでサーシャを追い詰めようとするが、サーシャは身軽に動きまわってヒット・アンド・アウェイで相手を翻弄（ほんろう）する。数十合にわたる息詰まる攻防の末、サーシャの剣がボールスの喉もとに突きつけられた。

「参った！　いやあ、お見事、お見事！　大した腕前だ、今の時代にもこれほどの剣の使い手がいるとは」

「あなたは本気じゃなかったからね。本職は槍なんだろう」

「いやいや、俺は何でも屋さ。槍も剣も斧も槌も使えて、ようやく円卓の騎士の端くれにひっかかった程度なんだ。三百年後の今じゃ、伝説のなんだって祭り上げられちゃいるがね」

　ボールスは謙遜してそう言うが、そもそもサーシャとこれだけ打ち合える時点で傑物であろう。これだけの剣技に神器の力が合わされば、戦姫とも互角以上に渡り合えるに違いなかった。味方として頼もしい限りである。

「次は、ガラハッド卿。あなたとお手合わせ願えるかな」

　だがガラハッドは首を横に振った。ボールスとの立ち合いを見て、もう充分ということだろうか。はたして寡黙（かもく）な戦士は、じっとサーシャの左腕を見つめていた。サーシャは苦笑いで腕を押さえる。

「まだ治りきっていないのがばれていたか」

「ははあ、右手一本でやっていたのはハンデってばかりじゃなかったんだな。いや、それでも俺は勝てなかったんだ、文句を言う筋合いじゃない。アレクサンドラ殿、新たに陛下に任じられた円卓の騎士よ。俺たち古参騎士は、あなたを心から歓迎する」

ボールスが右手を差し出す。サーシャはボールスと握手を交わした。

次にガラハッドとも。大きく力強い手だった。

「ボールス卿、ガラハッド卿。僕のことはサーシャと呼んでくれ。これから先、よろしく頼むよ」

兵士たちが割れんばかりの拍手で祝福した。この日の出来事はすぐアルトリウス派の諸侯の間に伝わることになる。

「俺たちは陛下のそばにいられない。サーシャ、陛下のことを頼むぜ」

「僕がいなくても、陛下はお強い方だが……。色々と聞かせて貰えるだろうか」

「もちろんだ。たっぷりと話してやるさ。俺たちの敬愛する陛下のことを」

ガラハッドもちから強くうなずく。心なしか、その目が輝いているように見えた。ふたりとも、アルトリウスを語るときは嬉しそうな顔をするのだな、と思う。

「いい蜂蜜酒（メドウーハ）があるんだ。サーシャ、あんたはいける口かい？」

「前の身体のときは控えていたんだけどね。僕は、健康な身体なら酒に強かったようだ。つき合わせて頂こう」

ボールス、ガラハッドと痛飲し、その翌日のこと。

サーシャはダヴィド公爵のもとを訪れた。先日の遠征において、裏から諸侯を取りまとめた、陰の功労者が彼である。

いつも眉間に皺を寄せた初老の男で、心労のためか髪はすっかり真っ白になってしまっている。コルチェスター陥落後に配下になった彼は、アスヴァール島西部に広い領地を有していた。公爵家といってもひと昔前までは中央の政治にもあまり関わらず、自領を守ることに腐心していた人物であった。本心ではどちらにもつきたくなかったかもしれないが、国を割る乱となった現在、アルトリウスの下で宰相の地位を得ている。

諸侯の連合をよく差配し、進軍でも後退時でも兵站に苦労しなかったのは彼の尽力があったからだ。円卓の騎士に任じられた者以外でコルチェスターの宮廷に出入りする、数少ない人物のひとりでもある。いくらアルトリウスが超常的な力で政を行っているとはいえ、アルトリウス派の政治、経済、そして軍事計画はダヴィド公爵がいなければとうに破綻していただろう。

何を考えているのかよくわからない、不気味な男という風評であるが、サーシャはそれが風評被害だと知っている。実際のところ、彼はただ有能で心配性なだけの男であった。

「円卓の騎士ボールス卿にガラハッド卿、ですか。武芸は立つようですが、陛下は彼らに一軍を任せることがない。つまり、武芸者止まりなのですな。領主としての経験も軍を率いて戦った経験もあるアレクサンドラ様が陛下に重宝されるわけです」

開口一番、そう言ってのける。毒舌ではあったが、ボールスたちを嫌っているような口ぶりではない。サーシャに対する追従でもない。血気盛んな若者を微笑ましく見るような目線だ。

「私としても、陛下にお仕えする甲斐があったというもの。若返るようです」

「すまないね、ダヴィド殿。あなたには苦労をかける」

「ひとには向き不向きがございます、サーシャ殿。私には、竜を射殺すような弓の使い手の前に立つ胆力はありません。それにしても、陛下の腹心たる円卓の騎士たちが、揃って猪武者とは不思議なことですな」

「それが、不思議ではないようなんだ」

サーシャは昨日、酒を飲み交わしながらボールスとガラハッド――その大半はボールスの口からであったが――から聞いた話を披露した。

「三百年前、アスヴァール島はひどく貧しい島だったらしい。トマトもジャガイモも、まだこの島には伝わっていなかった。耕作地の確保も大変で、人口は今とは比べ物にならないほど少なかった。軍の規模が一桁違ったそうだよ。そんな状況だから、武芸に長けた騎士たちが数名暴れるだけで戦に勝つことも容易だった。……まあ、実際はもうちょっと色々あったんだろうし、後始末で陛下が奔走したんだろうけどね」

「苦労がしのばれますな」

当時の正確な記録は、このアスヴァール島にはほとんど残っていないらしい。

当然だろう、とジスタート生まれのサーシャは思う。ジスタートにおいても、黒竜の化身たるジスタートの始祖と戦姫に関しての正確な記録は失われていた。

無論、王家が編纂した建国伝説は存在する。しかしそれが後世につくられたものであることは有名で、どこまで本当なのかはわかったものではない。サーシャは王宮の公文書庫に入ったことなどなかったし、時間をかけてそんなものを読み込んでいる余裕など、どのみちありはしなかった。

「では諸侯をまとめて軍団を編制する作業については変わりなし、ということですか」

「ああ、反撃の準備を頼む。おそらく、僕とあなたが軍団の指揮を執ることになるだろう。陛下も、ボールス卿とガラハッド卿にはおっしゃっていた」

任務の内容について、サーシャは知らない。ただ、ふたりが今朝、旅の疲れを癒す間もなく出立したという報告だけは受けていた。

おそらくは……。

サーシャは空を見上げる。いつものように、この島の空は曇天だった。

さて、それからしばしの時が経つ。

†

鈍色(にびいろ)の空のもと、ふたりの騎士が馬を並べて街道を行く。

ひとりは革鎧をまとった壮年の男で、もうひとりは板金鎧を着用する若い男だ。壮年の男は背にくくりつけた槍の穂が赤黒く、若い男は腰に下げた剣から禍々(まがまが)しい気配を漂わせている。ふたりとも他の武器を携帯しているが、本命がこれらの武器であることは、見るものが見ればわかるだろう。

もっとも、それを知る者たちとはつまり、神器に関する情報を有した者たちであろうが……。

「美人だったな、サーシャという女。今度はふたりきりで蜂蜜酒を酌(く)み交わしたいものだ」

壮年の騎士が、自慢の口髭を撫でながら相棒に話しかける。

「なあ、ガラハッド。おまえはああいうのが好みか？」

ガラハッドと呼ばれた騎士は無言で首を横に振った。壮年の騎士が大笑いする。

「その割には、浴場での一件を聞いたとき、珍しく感情を露(あらわ)にしていたではないか。すぐにでも飛び出して、あのモードレッドとかいういけ好かない奴を始末しに行きそうな雰囲気だったぞ」

「誓約がある」

少し間を置いて、若い男はそう言った。壮年の騎士がふむふむとうなずく。

「そうだな、俺たちは、あのいまいましい男に危害を加えられないという誓約を結んでいる。いや、命令を聞かなければならないんだったか？　そのあたりも、弓の王はうまくやったみたいだが……ううん、あれはどうなんだろうな」

どうとは？　とばかりに若い男が目線を少し動かした。相棒である彼でなければ見逃してしまうようなわずかな変化だ。こいつは相変わらずだな、と苦笑いする。

「弓の王とは、はたして陛下のお味方であるか。陛下は一度、あの者と刃を交え、その結果として互いを認め合ったという。我らが蘇る、少し前の話だ」

アルトリウスからその話を聞いたとき、たいそう驚いたものだ。具体的なことを訊ねても、アルトリウスはただ笑みを浮かべただけで詳しい内容を教えてくれなかった。いったいどんな戦いとなったのだろう。童心に返ったような高揚感を覚える。

「なあ、おまえさんはどう思う、ガラハッド」

ガラハッドはしばしし考えるように沈黙したあと、ゆっくりと首を横に振った。わからない、判断できないというしぐさだ。壮年の騎士は豪放に笑った。

「おまえさんはいつも慎重だなあ。寡黙なのも変わらぬ。そんな生き方、窮屈ではないのか」

からかわれても、若い騎士は表情を変えず、じっと前を向く。壮年の騎士はため息をついた。

「こればかりは生き返っても変わらぬか」

「あなたも」

ガラハッドは重い口を開く。

「生き返っても変わらないな、ボールス卿」

ボールスと呼ばれた騎士は目を丸くしたあと、大げさにのけ反った。馬から転げ落ちそうになる。ガラハッドが馬上から手を伸ばし、片手で相棒の身体を支えた。

「すまん、すまん。いやあ、生き返ってみるものだ。おまえさんのそんな軽口を聞けるとは」

ガラハッドは軽く首を振る。やれやれという仕草だ。まあ、この相棒がボールスに呆れるのはいつものことだった。三百年前も、そして今も。慣れたものだ。

共に偉大なる王に仕え、死した。悔いはひとつ。彼らはそのために蘇った。同意しなかった騎士も多い。それでもボールスとガラハッドは、王を信じた。もうひとり、パーシバルと共に。

そのパーシバルを打ち倒した者たちがいる。

殺し殺されは戦の道理、遺恨はない。そもそも彼らは一度死を経験した身だ。

だが興味はある。いったいどんな者たちが、あの豪傑を殺したのか。純粋に戦士として、関心を抱いている。

故に彼らは、大陸から戻ってきた。王はふたりにアスヴァールの大陸側を見てくるようにと命じ、物見遊山のついでに魔物を見つけたら狩るべしとつけ足した。ボールスとガラハッドはこの数か月、大陸側のアスヴァール領の諸侯をまわり、彼らの協力をとりつけることに成功している。だが魔物は見つけられなかった。

かわりに、竜を何体か退治した。

なぜか、竜が人里へ出て暴れている場面に頻繁に遭遇したのである。ただのヒトではどれほど集まっても一体の竜に太刀打ちできない。ふたりは大陸側のアスヴァール領をまわって、竜の脅威を排除し続けた。人々は彼らを英雄の再来と信じた。己が信仰する円卓の騎士、ボールス卿とガラハッド卿が戻ってきたのだと。

それは確かに王の計画のひとつであり、ふたりはそれを見事、成し遂げたのである。

もっとも、その仕事はふたりにとってひどく退屈であった。

いまさら竜の数体と対峙することに危機感はない。ただ義務のように叩きのめしただけだった。その程度のことでとても感謝され信仰すら向けられるのは面映(おもは)ゆいものがある。住民の話を聞くにこんなことは初めてだというから、何らかの陰謀の気配はするのだが……。

つまりは、魔物の仕業であろう。卑劣な奴らは、竜をけしかける程度のことで彼らの邪魔をしているつもりなのだ。あまりにもつまらぬやり方だった。程度が知れるというものだ。

だからこそ、このアスヴァール島に戻ってきて最初の任務には心が高鳴るものがある。英雄と出会うことができるのだ。結果がどうなるとしても、楽しみで仕方がない。

「ガラハッドよ」

うん？　とばかりに馬を並べる若い騎士はボールスの方を向く。

「今度こそ、悔いを残さぬ死を選ぼう」

「ああ」

ガラハッドはうなずく。思慮深く言葉を選ぶことが多い彼に似合わぬ即答だった。ボールスは嬉しくて仕方がない。相棒が、こんなにも自分と同じ気持ちでいてくれるということに、とても高揚している。

「楽しみだな。ああ、楽しみだ！　蜂蜜酒より楽しみだぞ！」

ボールスは叫んだ。その声は森に消える。

騎士ふたりの旅は続く。

第4話　ボールス卿とガラハッド卿

アルネ子爵の城はこぢんまりとしたもので、子爵自身はすぐそばの町で一日の大半を過ごすという。水堀に囲まれた堅牢な城塞は、このアスヴァール中央部が戦乱の時代、つまり三百年前から地道に改修され、維持されてきた年代物であった。

もっとも、それを為してきたのはアルネ子爵ではなく、二十年ほど前にお家騒動で取り潰された城の以前の所有者である。子爵家はこの地を引き継ぐ際、まずこの城に入り、敵対する諸勢力を平定する必要があった。

力を見せつけることで、子爵家はこの地の領主として認められた。現在では代替わりし、二代目がこの地を堅実に治めている。

太陽が南中した少しあと、城にたどり着いた一行は、アルネ子爵に歓迎されて入城した。

父親から爵位を受け継いだ子爵は今年で四十七歳となるはずだが、茶色い髪には白いものが少なく、恵まれた体躯(たいく)で背筋を伸ばし、厳めしい表情でリネットに挨拶(あいさつ)する様子は二十代と言っても通りそうなほど若々しい。この地に転領されたころは父の代わりに兵を率いて各地を転戦していたとのことで、頬に残った大きな切り傷が勲章のように目立っていた。

「長旅、お疲れでしょう。浴場に湯を張っておきましたので、どうぞお寛(くつろ)ぎください」

貴族用の広い浴場はこの城の名物でもあるという。一行は、ありがたく使用させてもらうことになった。

†

子爵が自慢するだけはある、とリムは思った。

浴場の中は熱い湯で濃い湯気が立ち込めている。リムはリネットの護衛として、ひと足先に入場した。周囲を伺い人の気配がないことを確認したあと、四方の壁面を軽く叩いていく。しかるのち、浴槽のお湯を木桶ですくい、身体にかけて旅の埃(ほこり)を流す。熱い湯を浴びて、思わずおおきなため息が出た。ぶるりと身を震わせる。

「もうよろしいでしょう、リムアリーシャ殿」

リネットが入ってくる。リムは渋い顔になった。

「安全の確認まで、お待ちくださいと申したはずです」

「大丈夫でしょう。子爵は嘘をついていませんよ」

リネットがかけ湯をしている間に、リムは胸もとまで湯が張られた浴槽に身を沈めた。

豊満な胸が、ぷかぷかと湯に浮かぶ。旅の疲れで凝り固まったものが溶け消えていくような深い安堵(あんど)を覚える。すぐにリネットが浴槽に入ってきた。

「リムアリーシャ殿までデンの町から引き抜くことに関しては懸念もありましたが……。来ていただいて、助かりました。彼が男性で私が女性である以上、この中でティグルヴルムド卿に護衛していただくわけにはいきませんからね」

もっとも、とリネットはつけ加える。

「私個人としては、ティグルヴルムド卿ともっと親密な関係になることも望ましいのですが」

「も、ですか。が、ではなく」

リムの問いに、リネットはくすくす笑った。

「貴族の娘である以上、選択肢は常に複数、確保するものです。もっとも、これほど諸侯に嫌われる娘が輿入りできる家など、そう多くはないでしょうが……」

自分は嫌われ者の令嬢である、とリネットは言う。実際、貴族たちや民衆の評判はひどいものだった。父親である公爵の威をもって、ギネヴィア王女を好き勝手に操る悪女。それが目の前の少女である。

ところが、末端兵士となると話が変わってくる。彼らは、リネットが苦心して自分たちのための糧食を用意していたことを知っているのだ。なぜなら彼ら兵士たちこそが、戦場まで各種物資を運んでいたのだから。

リネットは治安の悪化を懸念し、補給物資の護衛に通常より多くの兵士をつけていた。諸侯にとってはコストばかりかかる指示だが、実際に多くの部隊が襲撃にあったことで彼女の計算

が正しかったことは証明されている。

「ティグルヴルムド卿は、消去法で残った相手ということでしょうか」

試しに、リムはそう訊ねてみた。リネットは首を横に振る。

「まさか、まさか。むしろ私にとっては高嶺の花です。本来ならばもっと積極的に行くべきなのでしょう」

「では、どうしてそうなさらないのですか」

「あなたが、それをおっしゃいますか」

リムは苦笑いした。小娘にもかかわらず、手厳しいことだ。いや、そんなことを考えてはいけないか。彼女は、リムの親友であるエレオノーラと同じ十六歳であった。

「ティグルヴルムド卿を無事、故郷へ帰す。私は彼の父と、そう約束いたしました」

リムは、アルサスからティグルを連れ出した経緯を語った。リネットは興味深い様子で、ふたりがライトメリッツで過ごした日々のことまで根掘り葉掘り訊ねてくる。聞き上手な彼女に、リムはついつい、聞かれてもいないティグルの勉学の様子、さらには彼女が試験として貸した村々を巡り諸問題を解決した手際などまで話してしまう。

「リムアリーシャ殿は、ティグルヴルムド卿のこととなると本当に楽しそうに語りますね」

喋りすぎたな、とリムは一度、口をつぐんだ。

「ともかく、ティグルヴルムド卿はアルサスにお返ししなければなりません」

改めて、きっぱりとそう宣言する。

「ですがそれは、一度無事な顔を見せればいいだけのこと。たとえば私と結ばれたとしても、彼をこの島に繋ぎ止め続ける必要はありません。むしろアスヴァールとブリューヌの友好の架け橋となってくれることを期待いたします」

「ティグルヴルムド卿は、ブリューヌでは……」

ブリューヌ王国において、弓は臆病者の武器として蔑まれている。それゆえに、弓だけが得意なティグルはきわめて低く見られていた。ジスタートに来れば、正当に評価されるであろう。リムはそう彼を口説き、ライトメリッツに連れていった。

その彼が、アスヴァール人同士がぶつかりあう戦場で、王女を守る英雄として総指揮官を務め、見事に活躍してみせたのだから、なんとも数奇な運命があったものだ。

「それは彼が何の功績も残していないからです。端的に申せば、広報が足りない。一を十に見せるような広報は組織にとって有害ですが、十を一に見せてしまうようでは人心も離れるというもの。ですが、秋になる頃には、ティグルヴルムド卿は歴史に残る英雄となっているでしょう」

だから、とリネットは悪戯(いたずら)っぽくつけ加える。

「ティグルヴルムド卿という堅牢な砦を攻め落とすなら、今のうちです」

リムは憮然(ぶぜん)とした表情でリネットを睨(にら)んだ。

「リネット様は、私を牽制しているのですか、それともけしかけているのですか？」

「本音を申しますと、こうして悪戯していなければ、自分の心を抑えきれないというところですね。ひどく心を乱されています。私の中に、これほど強い想いがあったとは思いませんでした」

意外な告白に、リムは口をつぐんだ。湯の中で身をすくめて恥じらう少女を、まじまじと見つめる。

「そんなに、意外な顔をしないでください。私だって、いつも冷静でいるわけではありません」

「申し訳ありません。つい」

興味本位で、色々と聞いてみたいという気持ちがむくむくと湧いてくる。

湯けむりの中、ふたりはしばし、語り合った。

†

夕刻。城の一室で、会談の場が設けられた。子爵とリネットが向かい合って椅子に腰かけ、互いに一名が護衛として後ろにつく。リネットの護衛は、ティグルかリムのどちらかになるわけだが……。

「室内で、弓も持っていけない状況だ。俺には不向きだろう」

「いいえ、ティグルヴルムド卿、あなたの出番です。今こそ竜殺しの名が効く場面なのですよ」

リムがそう言って役目を譲ったため、ティグルがその任につくことになった。

相手の護衛は壮年の騎士だった。ティグルが剣で打ち合えば一合で叩きのめされるに違いない、熟達した剣士の雰囲気をまとっている。相手が新米の兵士が相手なら、まだしも組み伏せることができるかもしれないが……。こういった場での護衛任務には、本当に向いてないのだ。

――気おされないようにしないとな。

せいぜい胸を張ってみせたところ、相手の騎士はティグルに対して敬意のこもった視線を向けてきた。あげく、会談の前の顔合わせでは「噂の竜殺し殿とお会いできて光栄です」と気さくに話しかけてくる。

そのことについてリネットに報告したところ、彼女はくすくす笑った。

「先日の会戦で、誰もがあなたの弓の腕を知りました。あとは噂が勝手にあなたを英雄に仕立ててあげてくれます。吟遊詩人の詩の中で、あなたは剣を手にして一騎当千、馬上槍を手にして敵陣で無双する万能の勇者なのはご存じですか？」

知らなかった。誰だそれは。今後も知りたくない。

「何にせよ、敵に見える虚像は大きい方がよろしい。あとは我々がそれをうまく利用いたします。ティグルヴルムド卿は、せいぜいボロを出さぬよう、ご注意を」

と言われてしまったからには、余計なことを言わずリネットの後ろで黙っているしかない。

もっとも、竜殺しの噂に恐れおののいていた子爵にとっては、それで充分なようだった。子爵は、落ち着かない様子でちらちらとティグルを見ている。会談はリネットのペースで始まった。

「実は現在、我々はあなたがたの他にもお客様を迎えております」

布で汗を拭き拭き、弱気な表情で子爵は告げる。でしょうね、とリネットは相槌を打った。

「子爵は我々が先客の方と揉め事を起こさないかどうか、気が気でないご様子。率直に申しまして、我々は今回、武力に打って出るつもりはございません」

少女は微笑む。背後に立つティグルからはリネットの表情が見えないものの、きっとあの、相手を飲み込んでしまうような威圧感のある笑顔をしているのだろうなと思う。

「少数で参ったのは、我々の誠意とお考えください」

その少数にティグルを交ぜて威圧を狙っている時点で誠意の欠片もない。

「ところで、先客の方々は、いったい何名で参ったのですか」

「それが……二名でございます」

リネットは、思わずといった様子でティグルを振り返った。

うなずきあう。これも想定のひとつだ。リネットが動揺してみせることも、ティグルが落ち着いた態度でいることも、計算のうちである。

アルトリウスの懐刀が来ているということだ。で、あれば……。

「会えば角突き合わせる殿方と違い、か弱い女の身の私としましては、交渉相手が多いことは喜ばしい、と考えます。どなたがお越しになっているか、よろしければお名前を教えていただけますか」

「それが、彼らはこう名乗っているのです。……円卓の騎士ボールス卿と、ガラハッド卿そのひとであると」

「なるほど、アルトリウスを名乗る者がいるのです。ボールス卿とガラハッド卿を名乗る者がいてもおかしくはありませんね」

今度、リネットは平然と返した。これには子爵の方が驚く。

リネットの言葉は、ただ彼らがそう僭称しているにすぎないと主張している。ギネヴィア派としては、始祖と円卓の騎士が蘇ったなどと認めるわけにはいかない。王権の正統性が揺らいでしまう。

円卓の騎士を名乗る者は偽者であり、だが自分たちは彼らと交渉の卓につく用意があると言っているのだ。現状、それがギネヴィア派の交渉官にできる精一杯の誠意であった。

――それにしても、円卓の騎士が一度にふたりとはな。

ティグルは内心の動揺を抑え、平然を装いつつリネットを見つめた。自分とリムだけで彼女を守り切れるだろうか。パーシバルひとりに、ギネヴィアも含めた三人がかりであれだけ苦戦を強いられたというのに。

「是非とも、彼らとお話をしたく思いますわ」

リネットはむしろ嬉しそうだった。彼女の図々しさは心から羨ましい。

「それは……ええ、先方にお伝えいたします」

子爵の話によると、ふたりとも礼節を保ち、この城ではけっして武器を抜かぬと宣言しているらしい。ならば安心ですねとリネットは微笑んでみせた。

「何せ、ガラハッド卿は宣誓の騎士。始祖アルトリウスの前で、けっして嘘はつかぬと宣言し、生涯その誓いを守り通したことで名高いお方です」

円卓の騎士は偽者だと言ったそばから、ガラハッドが本物だというかのような前提で話すリネットにティグルは混乱した。彼女の冗談なのかもしれないが、こういうときの公爵令嬢は本音と冗談の区別がつかなくて困る。

子爵の方はその言葉に対して曖昧に笑うのみだった。彼ははたして、円卓の騎士が蘇ったなどという物語のようなことを、どれほど信じているのだろうか。

ティグルは思う。妖精を、精霊を、どれほどの人がその存在を信じることができるだろう。ティグルとて、実際にこの目で見なければどうだったか。

――子猫のケットが人の言葉を話すとリネットに伝えたとして、はたして信じてくれるものだろうか……。

彼女には未だ、猫の王や妖精の踊り、兵士たちの小物を盗んだ存在についての話をしていない。いつ話すべきか、どう話せばいいのか、ティグル自身がまだ困惑しているのだ。ひょっとしたらすべてが夢だったのかもしれない、とすら思ってしまう。

ティグルがそんなことを考えている間に、会談は滞在中の待遇を話し合って終わった。細かいことは翌日以降となる。

円卓の騎士を名乗る者たちは町の方に滞在しているため、町には近づかないでくれと念を押された。こちらとしても神器持ちとの遭遇戦など本意ではない。

ただ、一点。

リネットを介して、上等な蜂蜜酒（メドウーハ）だけは子爵に用意してもらった。この蜂蜜酒がケットの言う通りになるなら、子猫との間の出来事は夢ではないということになる。

この件について彼女にお願いしたときは「ティグルヴルムド卿がおっしゃるのですから、よからぬことには使わぬと信じましょう」と迷いない返事を貰っていた。

この公爵令嬢には、まったく頭が上がらない。

†

会談後、あてがわれた部屋のひとつで、リネットはティグルとリムだけを迎え、特別な話があると言い出した。侍女すら部屋の外に出している。

「ここだけの話で、予断になりますが」

と前置きしたうえで、彼女は話し始めた。

「先ほどの話し合いの感触ですと、子爵は我が方につくでしょう」

「あれだけのことでわかるのですか」

「円卓の騎士を名乗る方々は町に滞在させ、我々はこの城に招いたとは、そういうことです。もっとも、円卓の騎士の方々がそれを知って今もなお町に滞在しているというのが気になりますね。私の推測が正しければ、彼らは外交の窓を通して何かを得たいのだと思いますが……」

リネットは考えをまとめようとするかのように、口もとに手を当てて呟く。

「おそらくは、竜殺し殿のお顔を拝見したいのでしょう」

「俺、ですか」

「伝説がどこまで正しいかはわかりませんが、ボールス卿とガラハッド卿はパーシバル卿とたいへん仲が良かったと……いくつかの物語では、そう記されております」

つまり、とティグルはリムと顔を見合わせる。

「俺たちは、彼らにとって仇(かたき)か」

厄介(やっかい)なことになった。

「朗報もございます。ボールス卿とガラハッド卿は、共に高潔で知られる騎士。不意打ちや騙し討ちはないと断言できます。この状況で仕掛けてくることはありますまい」

「それは朗報なんでしょうか」

　リムが首をかしげた。

「希望的観測、と言えばその通りですが、少なくとも話し合いは成立するでしょう。その場合、ティグルヴルムド卿は魔弾の王について訊ねてみるとよろしいでしょう。殿下がお話したように、ガラハッド卿の逸話のひとつには、魔弾の王と名乗る人物に関するものがあります。彼が本物なら、興味深い話が聞けるかもしれません」

　確かに興味深いところだ。あの弓の王を名乗る人物と魔弾の王についても、何か得るところがあるかもしれない。問題は、それを知るのがこちらを憎んでいるであろう者たちであることである。

「私は、あまり問題はないと思っておりますよ」

　ティグルはどれほど難しい顔をしていたのだろうか。気遣うようなリネットの言葉に、はっと顔をあげた。少女はティグルを見つめ、微笑んでみせる。

「もし円卓の騎士が最初から敵対的であるなら、行軍の途中で名乗りをあげて堂々と攻撃をしてきたでしょう。そうはしなかったのです、少なくとも戦う前に話し合う余裕はあるかと。こちらに戦う気がなければ、あるいは気が削がれて頂けるかもしれませんね」

いかにも呑気な、いやティグルとリムを全面的に信頼しているリネットの言葉に、ふたりはなんとも返答できなかった。

†

その日の夜。ティグルは子猫ケットに命じられた通り、自分にあてがわれた部屋の窓を開け、子爵から貰ったとびきりの蜂蜜酒の入った革袋を窓にくくりつけて寝た。

朝、日の出と共に起きると、蜂蜜酒は消えていた。どこからともなく入ってきた子猫のケットが、開け放たれたままの窓を見て可愛らしく鳴く。

──どうやら、夢じゃなかったみたいだな。

「約定は果たされた。猫の王は見届けたぞ」

ケットは、高らかに宣言した。

「下僕よ、あとは余に褒美をよこすがよい。川魚はないか」

「ここで勝手に釣りをするわけにはいかないな」

ティグルはもう一度寝なおしたくなった。

「人は釣りも忘れてしまったというのか。何と嘆かわしい」

「そいつ、もう光り物を集めることはないいんだろうな。どんな奴だったんだ」

「猫の王は公明正大である」

どういう意味だろうか。

「下僕にだけ優しくすることはできない。かの者には正体を秘するとかたく誓った。これは気高き精神の発露である。たとえ川魚を五匹積まれても、それが十匹だったとしても、猫の王は賄賂（わいろ）に屈しないだろう！」

ケットは後ろ脚で立ち上がり、腰に前脚を当てて胸を張った。朝日を浴びて、緑の瞳がきらきら輝く。髭（ひげ）がピンと伸びた。その雄々しき顔は、どこからどう見てもただの猫だった。

「念のために聞いておきたいんだが、川魚二十匹だったらどうなんだ」

「余とて猫、王とて猫の身、抗えぬ誘惑、本能には逆らえぬ。ただし干物では駄目だ」

ティグルはなるほどと心の中の羊皮紙にメモをしたためた。いつか役に立つときが来るかもしれない。

猫の王とのつきあいは、長くなるような気がした。

日が昇ってからしばらくして、子爵との二度目の会談が行われた。

リネットの予想通り、子爵はギネヴィア派につくことに前向きだった。子爵領は、立地的にもギネヴィア派に攻められやすく、守りにくい。対して偽アルトリウス派の領地からは遠く、援軍が期待できない。選択肢はないに等しかった。

それでもこれまで中立を保っていたのは、よりよい条件を引き出すためと、ギネヴィア派のまとまり具合を見極め、最悪の場合、即座に偽アルトリウス派に鞍替えする余地を残すためであろう。この最悪とは、つまりギネヴィアが竜の餌になるといった場合のことである。掲げる旗たるギネヴィアの脆弱さ、かわりとなる者の不在はギネヴィア派にとっての大きな弱点であった。それをいえば偽アルトリウスを名乗る者だって単身であるが、彼には円卓の騎士と竜というふたつのおおきなシンボルがある。遠くから噂だけを聞けば、どうしてもその威容に気おされてしまうに違いない。

「故に、彼の懸念を払拭するために私が参ったわけですね。ギネヴィア派には竜殺しがいて、ブリダイン公爵の後ろ盾があると説明することで、彼は配下を説得しやすくなります。我々を見ているのは、何も子爵ひとりではありません。子爵の騎士たちが道中をゆっくりしたのも、我々の来訪を領地の隅々に伝えるためでもあるのでしょう」

それくらいの腹芸ができなくては領主など務まらない、とはリネットの言葉であった。だからといって日和見な態度に対して容赦をする必要はない、とも。

案の定、子爵は「円卓の騎士を名乗る者が町に滞在する間は、旗幟を鮮明にするわけには参りません。ご理解ください」と言ってきた。

無理もない。子爵はティグルたちとパーシバルのおそるべき戦いを知らないだろうが、もしこの地に滞在している円卓の騎士があれほどの力を持っているなら、赤黒い武器の一撃でこの城が吹き飛ばされる可能性すらある。ティグルたちとしても、ここで彼らと戦うのは得策ではなかった。

「円卓の騎士を名乗る者との会談の席をご用意いたします」

最終的に、そういうこととなった。おまえら敵対している者たち同士で解決しろ、と子爵側が丸投げしてきたわけである。これもまたリネットの想定通りだったから、彼女は快く受け入れる。

ところがここで、子爵はひとつ条件をつけてきた。

「恐れながら、円卓の騎士を名乗る者との会談において、ティグルヴルムド卿は席を外していただけますでしょうか」

万が一にもこの城で戦いをされてはたまらない、というのが子爵の言葉であった。

「リムアリーシャ殿であればよろしいと？」

「そう考えております」

ティグルは、リネットとリムだけ会談に赴くことに難色を示したが……リネットは「そういうことでしたら、受け入れましょう」とあっさり子爵の提案を呑んでしまった。

部屋に戻ったあと、ティグルはその真意を訊ねる。

「彼らは高潔な方々です。こちらが女性だけの方が交渉もやりにくいかもしれない、と思ったまで。実際のところ、子爵も同じことを考えたのでしょうね。これは彼の援護だと、そう判断いたしました」

それにしたって、たいした胆力だ。

もっともリネットに言わせると「私は直接、戦場を存じているわけではありませんので。どれほどの凄腕が目の前にいても、私にとってはただの交渉の相手にすぎません」となる。「相手が剣を抜かないと確信できるのであれば、それは猫が目の前に座っているのと同じことです」

その猫は、はたしてケットのように喋るのだろうか。ティグルとしてはそんな益体もないことを聞いてみたくなった。

†

リネットとリムが同意したため、円卓の騎士との話し合いが終わるまでティグルは城の奥に控えていることになった。他の者はメニオたちを含め全員、リネットたちの近くの部屋で待機する。円卓の騎士が女性を害することはないとしても、それ以外の誰がよからぬ企てを抱くとも限らないからだ。

木の格子がついた窓がひとつあるきりの三階の一室である。壁にかけられた肖像画の壮年の男性は、どうやら始祖アルトリウスであるようだ。顎髭を豊かにたくわえ、ゆったりとした豪奢な服に身を包んでいる。これが俺たちの敵なのか、と感慨深げにティグルは肖像画を観察した。猫の元気のない声が部屋に響く。

この部屋にティグルと共に残ったのは、子猫ケットだけだった。

ケットいわく、猫の王が下僕の交渉を仲介するのはいささか公平さを欠く、とのことである。この子が交渉の場で暴れるとも思わないが、さりとてリネットも猫を抱えて円卓の騎士を迎えるのは格好がつかないだろう。

――いや、リネットなら、どうかな。猫が交渉で有利になるなら喜んで利用するかもしれない。

すでに交渉は始まっているだろうかという昼下がり、窓から差し込む陽光で室内は蒸し暑かった。猫も暑さでバテるのか、ケットはテーブルの上でぐんにゃりと寝そべっている。

と、その猫耳がピンと立った。

しっぽがパタパタ動く。警戒しているようだった。ティグルは部屋をぐるりと見まわした。

その視線が窓で止まる。

ひとりの男が窓枠に張りついていた。ティグルは驚愕する。

――ここは三階だぞ。

年齢は三十代の後半くらいだろうか、口髭をピンと伸ばした長身の男だ。背負う槍の穂が赤黒い。神器だ。

「よっ、パーシバルを殺ったのは、あんたか。俺はボールス、円卓の騎士だ」

男は気安い口調で自己紹介した。

ボールスと名乗った男は、窓の鉄格子を手でたやすく折り曲げてのけた。おそるべき怪力である。男は、ティグルがあっけにとられているうちに、勝手に部屋へ入ってきた。

こんな狭いところではこちらの得物である弓矢は自由がきかない。向こうの槍もそうだろうが、彼は腰に予備の武器である剣を差しているし、ティグルは近接戦闘においてそこらの騎士にも劣る。勝ち目はない。

それでも逃げ出さなかったのは、相手に敵意がなさそうだったからだ。もっともケットは、ボールスと名乗った男が入ってきたとたんベッドの下に隠れてしまった。怯(おび)えたのだろうか。役に立たない王様だ。

「ああ、別にここで戦おうなんて思っちゃいないし、あんたに対して隔意があるわけじゃない。こっそり抜け出してきたんでな、あまり時間がない。俺はただ、あんたに礼を言いたかっただけだ」

「お礼？」

ボールスは見覚えのある革袋を取り出し、軽く振ってみせた。昨日、ティグルが部屋の窓にかけた蜂蜜酒だ。思わず、あっ、と声が出る。

ケットは何と言っていたか。そうだ、兵士の小物を盗んだ存在は、古き友への贈り物が欲しかったと……。

古き友。つまりそれこそが、目の前の人物なのだろう。

三百年前の友人とは、なんとも気が遠くなるような感覚だ。

「うまかったぜ、この蜂蜜酒。で、どうやって手に入れたのか聞いたら、しどろもどろになってな。問い詰めたら、昨日は俺の友人があんたらに迷惑をかけたって話じゃないか」

「あなたの友人と兵士たちは、相互理解が難しかったようだ。俺と俺の友人がそれを仲介した。大事に至る前に手伝いができたことを幸いと思っているよ」

ちらりとベッドの下に視線を向ける。猫の王は相変わらず隠れたままだった。口だけの小心者め。

ティグルの言葉を聞いて、ボールスは豪放に笑った。

「手伝い、か。ヒトとヒトならざる者を繋ぐことができるやつが、この時代にどれほどいるやら、ね。俺は最近まで大陸に行ってたんだが、大陸じゃ、完全に忘れられてしまったしきたりも多かった。しきたりってのは、ヒトとヒトならざる者が共に暮らすためのルールだ。不義理を続けりゃ、彼らも離れていく。この島はどうなんだかね。訛りから判断するに、あんたは大陸の出身だろう？」

「俺の生まれは、ブリューヌのアルサスだ。と言って、わかるか」

「安心しろ、ブリューヌは三百年前もあったさ。アルサスって土地は知らんが。北か、それとも南の方か？」

そういえば、そうだったか。

三百年前、という単語を、ものすごい昔とついつい捉えてしまう。三百年前だって、この島にも大陸にも人は暮らしていた。歴史は地続きに続いている。彼らは確かに蘇った存在かもしれないが、自分たちとかけ離れているわけではない。

「アルサスはブリューヌの北方の辺境だ。知らなくても無理はない。あなたが本物の円卓の騎士なら、質問してもいいだろうか」

「何だい。答えられることなら、何でも答えてやるよ」

ティグルは肖像画を指さした。

「あなた方が仕える始祖アルトリウスは、あの男に似ているのか」

ボールスは肖像画をじっと眺めたあと、腹を抱えて笑い出した。

「まさか、まさか！　これが陛下のお姿なのかよ！　こいつは傑作だ。少なくとも俺が死ぬまで陛下は髭を生やさなかったし、こんな服を着るような方じゃなかったぜ。まあ、後世の想像で描かれる肖像画なんざ、こんなもんかもしれないがね」

嘘をついている様子はなかった。その率直で親しみのこもったものいいに、やはり彼は始祖アルトリウスに直接仕えたという円卓の騎士なのだな、とティグルは思う。

「あなた方はどうして蘇ったんだ」

「あんたは俺を本物の円卓の騎士ボールスだと信じるんだな」

　ボールスはティグルをまっすぐ見つめた。口調は軽いが、真摯な心を感じる。彼は本音で話をしている。ならば、その心意気に応えるべきだろう。

「パーシバルと戦って、わかった気がする。彼はいたずらに人を殺めて喜ぶような人物ではないと思った。何らかの大きな目的のために戦っているんじゃないか。具体的な根拠を示せるような話じゃない。でも、そう感じたんだ」

　ティグルは、ひとことひとこと言葉をひねり出す。

「そもそも皆は、あなた方がなぜコルチェスターの王家の者たちを殺し、この国の支配者の座を得ようとしたのかを考えない。きっと、この国の人々にとってはそんなことはどうでもよくて、ただあなた方が既得権益を奪ったから、それに対抗しているだけだ。……ああ、ここでいう既得権益とは肉親を奪われたとか、そういうことも含む」

「わかるぜ、続けてくれ」

「でも外国から来た俺にとって、そこはあまり重要じゃない。何より奇妙なのは、港と船を確保するや否や、逃げた王族の生き残りであるギネヴィア殿下を放っておいて、外征を優先したことだ。あなたは先ほど、大陸に行っていた、と言っていた。別にアスヴァールの大陸側の諸侯と交渉してまわった、というわけではないみたいだ」

この点についてはギネヴィアも首をかしげていた、とまでは口にしない。だがボールスはそのあたりも察したのだろう、にやりとする。

「そこまでわかっているなら、おおよそ理由も推察できているんじゃないか」

「ところが、さっぱりなんだよ」

はったりを使う気は、さらさらなかった。そういうのはリネットの仕事だ。

あるいはティグルとボールスのこの会話によってリネットの交渉が不利になるかもしれないが……ティグルの勘が、そうはならないだろうと告げていた。狩人の感覚が、ここでしっかりと掴まえておくべきものがあると叫んでいる。

「憶測でいい。あんたの考えを話してくれないか」

「ひとつ言えるのは、あなた方は、他人が思うよりずっと、ヒトに興味がないんじゃないかってことだ。俺はずっとそのことを考えていた。昨日、そのヒントを得た気がする。ヒトと妖精の関係。ヒトと精霊の関係。ヒトとヒトならざるものの関係……。あなたと会って、考えが進んだ。でもたぶん、俺にはまだ、知らないことがある。違うだろうか」

ボールスは笑みを消した。真剣な顔でティグルを睨む。

怒らせただろうか。だが、どの言葉が？　ティグルは内心で焦りながら、ボールスを見つめ返す。しばしののち、ボールスはゆっくりとうなずいた。

「その通りだ。きっとあんたは知らないんだろう。別に秘密にしているわけじゃない。言ったところで誰も信じないだけだ。陛下は、その目的を高らかに掲げることで自陣営が正気を疑うだろうって考えたわけだな。かわりに、世間一般にわかりやすい物語を用意した。制覇、征服。権力の匂いに惹きつけられて陛下のもとに集ったやつらなんて、権力の話をしておけば繋ぎ止めておける。——だからこの情報は、あんたたちも秘匿して欲しい。別に敵対するのをやめろって言ってるわけじゃない。次に俺たちがあったら、きっと殺しあうことになる。でも、それとこれとは話が別だ。わかるか」

「わかる。教えてくれ」

「魔物だ」

ティグルはきょとんとした。説明を求めて言葉の続きを待つ。だがボールスはそれ以上のことを口にせず、窓枠につかまるとその外に身を躍らせた。

「じゃ、またな！」

三階である。ティグルは慌てて窓に駆け寄った。

窓の真下には誰もいない。去っていく足音すら聞こえなかった。

幻だったのか。そうではないことは、壊れた窓の格子が教えてくれている。それともうひとつ、ようやくベッドの下から這い出してきた子猫の、くたびれた様子からも。

「やれやれ、行ったか。あれと顔を合わせるのはいささか体裁が悪い」

「知り合いなのか」

「遠い昔、余ではない余が、少しな」

猫の王は窓の外の空を見上げた。遠く遠く、ここではないどこか、今ではないいつかを見つめていた。

「それにしても、下僕、見直したぞ。あれと正面から向き合って平静でいられるとは、たいした胆力である」

やがて、猫の王は言った。

「あるいは、鈍感なだけか。そうかもしれぬな。下僕であるし」

「正面からやりあって勝てないのはわかったよ」

「にもかかわらずしっぽを振って逃げ出さぬとは、やはり鈍感……」

「敵意は感じられなかった。おかげで色々と聞くことができた」

ケットはやれやれと首を左右に振ったあと、ティグルの身体を駆け上がり、左肩に登ってきた。耳もとで「あの同類とやりあったと言っていたな」と囁(ささや)く。

「ああ、パーシバルのことか。俺ひとりで勝てたわけじゃない。モルガンの助力もあった、と思う。たぶん」

左手の小指を見る。未だにこの緑の髪の指輪のことはよくわからない。たぶん、これがあるからこそティグルは黒弓の力を引き出すことができているのだろうが……。

「尊きお方と呼ぶがよい、下僕」

「そんなに偉い人だったのか」

　猫の王を名乗る猫は、びくっとその身を震わせた。目をおおきく見開く。しばらく黙ったあと、その身をぐんにゃりと弛緩させた。

「下僕が大物なのか大馬鹿なのか、余には見当もつかない」

「まあ、いいじゃないか。それより、あいつが言っていたこと、全部聞いていたんだろ。魔物って、わかるか」

「下僕たちの言葉は曖昧だ。おそらく、あれ、のことだとは見当がつく。語る者によっては、人と神々以外のすべてを指し示す言葉となるものだ」

「妖精とか精霊とか、か」

「しかし我らの定義では違う。あれ、は我らや尊きお方たちとは根本的に異なる命だ。邪悪で、おぞましきものだ。古くから存在し、朽ちることなく大地を腐敗させるものだ。それは我らの敵である。憎悪の対象である。必ずや滅ぼすと誓いながら、力及ばず見逃すこと幾星霜（いくせいそう）。それを、やってのけた」

「やってのけた？　それって、あいつらがか」

「パーシバル。下僕があやつを討ち滅ぼす時より、月がひとつ巡るほど前に。いちどは大陸に逃げたあの魔物がふたたびこの地に棲みついて、およそ百年と少しであった」

　猫の王は、その魔物の邪悪さを語った。人のフリをして人を騙し、人を操った。娘を集め、犯してから食らった。快楽のために人を殺め、恐怖で部下を縛りつけ、村々を、森を焼いた。多くの猫が下僕を失い、棲み家から追い出された。

　そんな邪悪極まりない存在を退治したのが、パーシバルだった。

　今からひと月と少し前のことだ。

「すべての猫が星を見上げて鳴いた。我らは喝采し、祭りを催した」

　今度はティグルが絶句する番だった。パーシバルのことは、ただギネヴィア派を襲う障害としてしか認識していなかったのだ。彼がそれほどの偉業を為していたとは知らなかった。

　そもそも魔物について知ったのが今なのだから、いたしかたないところではある。もしあの戦いのとき、彼の目的を知っていれば別の結末がありえたのだろうか。後でリムたちと相談する必要があるだろう。

「じゃあ猫たちは、そんなパーシバルを倒した俺たちをどう思っているんだ」

「我らは下僕同志のいざこざに介入しない。頓着もしない。昼寝の邪魔にならない限り、好きに殺しあえばよろしい」

　あまり興味がない、ということか。助かることだ。アスヴァール島のすべての猫が敵にまわるとしたら、さすがのリネットも戦いを躊躇するだろう。

「下僕よ。もとより我らは、我らの都合で下僕を操ることをよしとしない。下僕は自由な意思で我らに仕えるべきだ。それが我らの誇りである。同時に、下僕たちが我らを頼ることをよしとしない。我らは自由に振る舞う。それが我らの誇りである」

　まわりくどい話だが、要するに、ヒトとヒトならざる者は節度と距離を持ってつきあうべきだ、ということだろう。その割に、この猫の王はずいぶんとティグルに、人の世に介入している気がする。

　それだけ、事態が複雑になっているということだろうか。ヒトとヒトならざる者の垣根が破壊されつつある。それに危機感を抱いている、というのもあるかもしれない。昨日、ティグルが感じた大地のありかたとは、かように不安定な代物であった。

「故に下僕は、いつでも余に川魚を与えてよいし、腹を撫でてもよろしい」

　ケットはテーブルに飛び乗ると、そのままごろんと仰向けに転がった。どうだ、と四肢をばたばたさせる。ティグルは黙ってテーブルの前に移動し、子猫の腹を撫でた。子猫は気持ちよさそうな鳴き声を出す。

「どうだ、幸せか」

「悩みが少し消えたよ」

「もっと撫でることを許す」

　ティグルは存分に子猫と戯れた。猫を撫でているうちに気持ちが落ち着いてくる。ボールス卿の言葉についてひとつひとつ考えてみた。魔物。その言葉が鍵だ。だがはたして、それはおとぎ話、神殿の巫女の説話に出てくるような、あのおぞましい怪物のことと捉えていいのだろうか……。

しばらくして、メニオがティグルを呼びに来た。円卓の騎士たちがこの地を離れたらしい。

会談の成果を話し合いたい、とリネットが言っているとのことだった。

ティグルとしても報告しなければならないことが山ほどある。


リネットの部屋で、彼女とリムと三人だけになる。

会談のことを話す前に、ティグルはボールス卿が彼の部屋に現れたこと、彼がいくつか語ってくれたことを告げた。

「まさか、そのようなことが」

リムが息を呑む。

リネットは両手で顔を覆い、「ティグルヴルムド卿ときたら、本当にもう……」とテーブルに突っ伏す。公爵令嬢にあるまじき、はしたない仕草である。

「ティグルヴルムド卿は、少し目を離すと、とんでもない情報を持ち帰るのですね」

リムに睨まれた。そんなことを言われても、今回はティグルが何かしたわけではない。相手の方から勝手に現れたのである。

ちょうどいい機会だからとボールス卿に質問を投げかけたのは確かだが、まさかあそこまであけすけに語ってくれるとは思わなかった。

「そもそも、ボールス卿が現れたときに護身しなかったのが問題なのです」

リムの追及の手は緩まなかった。

「ここは仮にも中立の砦。大声を出し、私を呼ぶべきでした」

「相手の雰囲気は、そういう感じじゃなかったんだ」

「だから、ひとりで交渉したと？」

そう言われると、ティグルとしても何もいえなくなる。ふたりにはボールスとの会話をおおむね説明したが、その後のケットとの話はしていないのだ。リムはティグルを心配そうに見つめたあと、「もっと私を頼ってください。呼んでいただければ、すぐに駆けつけます。あなたときたら」とため息をつく。

「しかし、魔物、ですか。昔話にある魔物と同じような存在なのでしょうか。それが現実に存在するとは、にわかには信じがたいところです。ですが、ボールス卿がそう語ったのならば、彼らの目的をそう仮定することもやぶさかではありません。ひとまずは持ち帰り、殿下と相談してみるとしましょう。戦姫殿も、何か知っているやもしれませんし」

ヴァレンティナという戦姫か。ティグルたちが旅立ったときはまだ衰弱し、ろくに話もできなかった。帰るころには元気になっているだろうか。

「しかしその前に、ティグルヴルムド卿と相談しなければならないことがございます。ガラハッド卿から提案がありました」

会談は、基本的に平行線で終わったという。とはいえ彼らは、武力でもってこの地をどうにかする意図はないとのことであった。後々、一軍を以って攻め寄せるとしても、それはまた別の話となろう、と。

もっとも、彼ら自身は軍を率いることに興味はなさそうで、いったい何が目的でこの地に足を運んだのか、その真意は不明であったという。

彼らの目的が魔物やそれに類する人の理の外の何かであるなら、その奇行にも説明がつくかもしれない。リネットはそう語った。

そのうえで、と彼女はリムとうなずきあったあと、テーブルの上に羊皮紙を出す。アスヴァール語だったため、ティグルはその内容を読解するのにいささかの時間を要した。

「決闘状……？」

「ガラハッド卿から、決闘の提案です。場所と期日の指定がありました。何人でもよいが、彼はその日、その場所でひとりで待っているとのことです」

意外、とは言えないがそれにしても唐突な話に、ティグルは虚を突かれた。

†

馬に乗ったふたりの騎士が、街道をだく足で進んでいる。外見だけなら、壮年の騎士と若い騎士に見える。ボールスとガラハッドだ。

「ティグルヴルムド卿本人とは話し合いもせず、決闘状だけ叩きつけて、それで本当によかったのかねえ、おまえさん」

ボールスの言葉に、ガラハッドはぴんと背を伸ばし、馬の手綱(たづな)を握って、まっすぐに前だけを見ていた。

「俺はティグルヴルムド卿に会ったぜ。面白い奴だ。自分は凡人だと思っている奇人。自分が平凡だと信じている異端。ありゃ、放っておけばすべてを破壊してしまうだろう。少しだけ、陛下に似ていた。陛下と違って、あいつにはまだ、その自覚がいっさいないけどな」

ボールスはにやりとする。

「だから、放っておけば、育つぜ。弓の王が楽しみにしていたのもうなずける。今代の弓は、あるいはこの島と大陸すべてを巻き込む嵐に成長するかもしれない。あるいはうまくすりゃ、魔物退治に協力してくれる可能性すらある。ま、種のうちに潰しておくって考え方もわかるがね。ガラハッド、あんたはいったい、どういうつもりなんだ？　決闘状なんてぶつけた理由、俺にくらい話してくれてもいいんじゃないか？」

ボールスが水を向けても、ガラハッドは馬の背に己の身を預け、じっと前を見ていた。

「臣下の身で、こんなことを言うのもなんだけどな。俺は、陛下の政策のすべてに賛同しているわけじゃない。ギネヴィア派との戦いも、無意味だと思ってる。おまえさんだってそう思っているんだろう。陛下も俺たちがそう思っていることをご存じだ。それでもこうして、使ってくださっている。俺はその寛大さには応えたいと、そう願う」

　これには、ガラハッドもゆっくりとうなずいた。相棒の意思表示に、ボールスは嬉しくなってからからと笑う。

「そうだよな、おまえさんはそういう生真面目なやつだ。だから放っておけないんだよ。少しは俺におせっかいを焼かせて欲しいね。ったく、パーシバルのやつも先走りやがって。俺は、もうちょいあいつと話したいことがあったんだけどなあ。でもあいつは、そのへんも承知でこっちの島に残ったんだろう。俺たちといっしょに大陸で魔物を探す道もあったってのにな。そのおかげで、こっちであの宿敵を見つけ、倒すことができたんだから……何が幸いするか、わかったものじゃない。あいつは二度目の死を迎えたが、本懐を果たした。俺たちは、まだだ。あの日の誓いは果たされていない。この差は大きい。そう思わないか」

　ボールスはそこまで言ってから、ガラハッドの反応を引き出せないと知って肩をすくめた。

「いいさ、俺は。実際のところ、俺が望んだのは、魔物退治そのものより、魔物退治をするおまえさんを助けることなんだからな。そこのところ、よく覚えておいてくれよ。ひとりで決闘に行くのは、まあもう仕方ねえが……無理はするな。俺を残して死ぬんじゃねえぞ」

　ガラハッドは、ゆっくりと首を横に振った。その重い口が開く。

「死ぬつもりはない」

たったひとこと。ボールスはしかし、その意図を正確に汲み取った。

死ぬつもりはないが、戦いには何があるかはわからない。為(な)すべきことを為すだけだ。迷惑をかける。

おおむね、そんなことを言いたいのだろう。この寡黙(かもく)な騎士は、いつもそうだ。故に仲間うちでも理解者はほとんどいなかった。ボールスはそんな彼のことが心配で、三百年後のこの世界にまでついてきてしまった。もちろん、生き返った理由はそれだけではないのだが……。

「おまえさんは、おまえさんが信じる道を行け」

ガラハッドはうなずく。ボールスは、また他愛もないおしゃべりを始めた。

†

子爵領からデンへの帰路は順調だった。一行は、来るときの半分以下の日数で帰還した。

報告は、ギネヴィアを交えた少数で行われた。ことが、ことである。確かに子爵との交渉は成功に終わったが、盛大なおまけがついてしまった。

ギネヴィアの私室で、彼女自身が淹れてくれた紅茶(チャイ)を飲みながら、まずデンの現状をギネヴィアが語る。ヤギのミルクがたっぷり入った紅茶と砂糖菓子の組み合わせは、ティグルたちの旅の疲れを癒してくれた。

軍の再編はおおよそ終わり、出陣の準備は整っていること。今回もティグルが総指揮官であること。ティグルたちさえよければすぐに南へ進軍すること……。

「そのことについて決定する前に、こちらから報告があります」

リネットが告げる。彼女は淡々と遠征の成果を報告したあと、最後に円卓の騎士が決闘状を叩きつけてきた件について語る。

「決闘、ですか。それも、相手はガラハッド卿」

ギネヴィアは目を丸くした。

「正式な作法に則ったものではありませんし、そもそもこれはティグルヴルムド卿へ宛てた決闘状です。殿下が出る必要はありません」

リネットはまっすぐにギネヴィアを見つめ、真摯に諭す。

はたして、ギネヴィアは微笑んでみせた。

「ありがとう、リネット。迷惑をかけます」

ギネヴィアを見つめる少女の目に涙が浮かんだ。

慌てた様子で、リネットは視線を外す。

ティグルは彼女たちのすぐ横でそのやりとりを眺めていた。彼が口を出すわけにはいかないが、リネットの心情はよく理解できていた。

あまりにも聡明すぎるため、彼女は話す前からギネヴィアの反応を知っていたのだろう。その他に道がないことを。親友たる王女殿下に、さらなる修羅(しゅら)の道を指し示す他ないことを。そしてギネヴィアは、その道をためらわずに進むだろうということを。

「いいのですよ、リネット。ここには親しい者しかおりません。昔のように癇癪(かんしゃく)をおこし、泣きわめいても問題はありません」

「癇癪なんて起こしたことありません！」

リネットは噛みつくように叫んだ。癇癪を起こしているじゃないかと指摘するのは、さすがにためらわれる。ギネヴィアはころころと笑った。

「調子が出てきましたね。あなたに叱られると、私も元気が出てきます」

「殿下、へんな趣味に転ばないでください。ティグル、あなたも笑わない！」

リネットが慌てている。

リムが、何かいいたげにティグルを睨んできた。何か誤解があるようだ。ティグルは、あとで彼女とふたりきりで話をする必要があるなと思った。

「さて、決闘を受けるかどうかはともかく、決闘状に示された場所には興味があります」

ギネヴィアが話題を戻した。決闘状に書かれていた地は、デンの西に広がる山脈の一角である。まともな道もない、村もない土地のはず。

ただしリネットは、この土地の名前に見覚えがあるとティグルに告げていた。帰路、野営中のことだ。

「まつろわぬ神の神殿」

各地の伝承を集めているときに見つけた場所であるが、円卓の騎士ゆかりの地ではなかったはず、とリネットは言った。しかし円卓の騎士であるガラハッドがわざわざこんな山奥の地を指定するからには、何かあるのかもしれないとも。

「ガラハッドは誠実な騎士として名高いのです。ただ我々の首脳陣に決闘を挑み一網打尽(いちもうだじん)にしようというだけでの行動とは、とうてい思えません」

会談において、ガラハッドはずっと黙ったままだったという。

これは寡黙な騎士、という伝承に一致する。遅参したボールスは、会談を通してずっとしゃべり通しだった。

そして会談の最後になって、ガラハッドは決闘状を差し出したのである。

彼はリネットが中身を確認する間に席を立ち、城を去っていってしまった。内容について質問することすらできなかった。

「何らかの情報を得られると考えれば、すっぽかす選択はないに等しいと俺は思う。問題は、俺ひとりじゃ円卓の騎士との戦いは厳しいということだ。リムは来てもらうとして、殿下がどうなさるかだけどな」

「殿下がどうなさるかは、私が訊ねます。ティグルヴルムド卿は口を挟まないようにお願いします」

とあらかじめ言い含められていたため、ティグルは黙ってことのなりゆきを見守り……まあ、おおむね予想通りの結果となったわけである。

ギネヴィアを含めた三人で、ガラハッドとの決闘に赴く。四人だけの会議の結果、そういうことになった。

「ところで、ガラハッド卿とボールス卿のこと」

主要な議題が終わったあと、ギネヴィアが喜色を込めて訊ねてくる。ティグルたち三人は顔を見合わせた。

「どのような方々だったか、詳しくお聞かせくださいますか」

根掘り葉掘り、訊ねられた。

†

決闘に赴く人員として確定したのは、ティグルとリム、そしてギネヴィアである。

問題は、それ以外の人物を連れていくかどうかである。

「ヴァレンティナ殿は、どうでしょう」

ギネヴィアがリムに問いかけた。アレクサンドラに追い詰められていた自分たちを助け、深手を負った戦姫。

ヴァレンティナ＝グリンカ＝エステス。二十二歳。艶のある黒髪と紫の瞳が特徴的な、オステローデ公国の戦姫だ。病弱で、あまり戦は得意ではないというのが一般的な評価であるとのことだった。

子爵領に出発する直前に聞いた話では、意識は戻ったがうわごとを話すのみで、事情を聞くことができるのはもうしばらく先だろうとのことだった。

「疲弊が激しく、一日の大半をベッドで過ごしている状況です」

リムが返答する。現在、ヴァレンティナはリムが住む屋敷で預かっているとのことであった。

もともとは、この地を治めていた伯爵の親戚が住んでいたという広い屋敷である。使用人を多く雇い、来客への備えと山積みの仕事の分担をさせていた。

見張りの兵士は少ないが、現在、デンの内部で破壊工作を行うような陰謀の気配はほとんどない。ヴァレンティナが逃げ出した場合について、ギネヴィアは心配したが……。

「それについては、考えても無駄です。あの方の竜具は『封妖の裂空』エザンディス。空を歪め地を飛ぶ力です」

会戦から数日がすぎたころ、リムが彼女が知る限りのことを話していた。

本来はジスタートの者でもほとんど知る者がいない極秘事項である。馬で数日の距離を一瞬で移動できるともなれば、その戦略的な価値は計り知れない。もっともその転移能力には制限があり、ヴァレンティナによれば、一度の転移でひどく体力を消耗するのだとも。

加えて、竜具は持ち主が呼べばその手に飛ぶ能力を持つのだという。

牢屋に閉じ込めても無駄ということだ。もし本気でオステローデ公国の戦姫を拘束するなら四肢を斬るほかないとのことであった。

「今回はことがことですからお話しいたしますが、このことはご内密に。竜具の能力は、ジスタートの重要な機密なのです」

「リムアリーシャ殿、あなたの誠意に感謝を。では、ヴァレンティナ殿に関してはあなたに一任いたします」

ギネヴィアはそう告げて、そのときは、この問題はそれで終わりになった。

今回、その話を蒸し返したのは、もちろん円卓の騎士を相手にするうえで戦姫が力になってくれれば、それはたいへんに頼もしいから、であるからなのだが……。

だが、リムは反対のようだった。

「彼女から助力を得るのは、断念するべきでしょう。あのときはとっさの判断で介入したとのことですが、ヴァレンティナ様はあくまで戦姫、ジスタートのためにのみ動くとお考えください」

リムはそう言ったあと、ティグルに短くうなずいた。

彼女の考えを、ティグルは少しだけ聞いている。リムはティグルたちが子爵領へ出発する前、こう言ったのだ。

「ヴァレンティナ様がエレンの手紙を運んでくれたことには、本当に感謝しています。ですが、彼女は油断のならぬ狡猾(こうかつ)な人物。私は、あの方を心から信用することがどうしてもできません。肝心なところで裏切るような気がしてならないのです」

そんな人物がどうしてあれほどの深手を負ってまで助けてくれたのかは、わからない。だが彼女には彼女なりの理由と、深謀遠慮(しんぼうえんりょ)があるはずだ、というのがリムの考えだった。

ティグルは改めて気を引き締める。リムは彼女をひどく警戒しているが、それでもティグルたちの危機を救ってくれた恩人だ。

──だいたい、今もベッドからあまり動けないような人を連れてはいけない。

やはり、決闘に赴くのは彼とリムとギネヴィアの三人だけだ。いつ裏切るかわからない者と共に思い切った作戦など取れない。

だがギネヴィアは、しばし考えたあと、こう告げた。

「一度、ヴァレンティナ殿とお会いしてもよろしいでしょうか」

彼女の身体はともかく、心の方は回復しきっているとのことであった。リムの屋敷では、おとなしく、メイドたちに迷惑もかけていないとか。そんな彼女ではあるが、やはり王女殿下と会わせるとなると警備の問題が出てくる。

「ティグルヴルムド卿、どうかご同行を」

ティグルはうなずいた。彼にも、ヴァレンティナに聞きたいことがある。

四人の話し合いで、ティグルは改めて、ボールス卿から語られた内容をギネヴィアに披露した。彼らの狙いが魔物であろう、という点を強調する。

「あるいは、我々が偽アルトリウスと連携をとり、魔物退治に協力するという選択もあるのかもしれません」

とティグルが言ったときのことだった。

ギネヴィアが椅子を蹴って立ち上がり、「親兄弟を殺したあの者らと手を結ぶなどありえません」と強い口調で告げたのである。ティグルが驚くほどの怒りと気迫であった。

「申し訳ありません。俺が軽率でした。相手は仮にも、殿下の仇だというのに」

「ティグルヴルムド卿、謝る必要はありませんよ。あなたは何ひとつ悪いことを言っておりません。可能性の話を封じるのは愚か者のすること。でしょう、殿下」

リネットはそう言って、かたわらでギネヴィアの服の袖をそっと引っ張る。

「わかりますね、殿下。感情を出すのはこの場だけになさるよう」

親友の冷たい口調で我に返ったギネヴィアは、うつむき、黙ってしまった。場の雰囲気は最悪だ。リネットはそんな空気を吹き払うように、ぱんと手を叩く。

「さ、話を続けましょう。殿下、お座りを」

「え、ええ。……皆、今のことは忘れなさい。リネット、あなたの賢明さとためらわず意見を具申するその勇気に、千の感謝を」

　ギネヴィアはおおきく息を吐いてふたたび椅子に腰かけたあと、両手を胸もとで組んで、リムの方を向く。

「ご意見を頂けますか、リムアリーシャ殿。魔物について、です」

「私が、ですか」

「ジスタートの視点から話をして戴きたいのです」

　リムはギネヴィアの言葉に理解を示し、そうですねと口もとに手を当て、しばし考え込む。

「これは完全に私見となりますが……。彼らがジスタートを攻めた理由も、その目的が魔物ということであれば、すべての見方が変わってきます。もしジスタートに魔物が棲みついているとすれば、それはおそらく、ジスタートの上層部に絡んでくる事項なのでしょう」

　ティグルは目を大きく見開いた。リムの言葉が本当なら、たいへんなことだ。私見との断りがつくとはいえ、現役の公主代理（アドワール）から口にされるとなると……。

「思い当たることがあるのですか？」

「申し訳ありませんが、もうしばらく時間を頂けますか」

　リムは回答を保留したが、もうこの時点で、思い当たるフシが彼女にあることを認めているようなものである。

「この点についても、ヴァレンティナ殿の話を聞いてみなければなりませんね」

リネットは静かに告げた。

†

その日のうちに、リネットとギネヴィアを含めた一行はリムの屋敷を訪れた。本来なら彼女の容態を確認してからヴァレンティナへの面会をとりつけるべきだが、ガラハッドとの決闘の日時が迫っている。あまり悠長なことはしていられなかった。

幸いにも、この日のヴァレンティナの体調は良好とのことで、彼女はすぐ、面会に応じてくれた。

ヴァレンティナは、ベッドから半身を起こした状態で一行を迎えた。まだ立ち上がると眩暈(めまい)がするためこの状態で失礼するという彼女を、ギネヴィアは鷹揚(おうよう)に許す。もとよりヴァレンティナはギネヴィアの配下ではない。

黒髪の戦姫は、深窓(しんそう)の令嬢のように華奢(きゃしゃ)であった。筋肉もあまりついていないように見える。少し頬がこけて、儚(はかな)げな印象があった。あのとき大きな鎌を振りまわしアレクサンドラに一矢報いた光景を見ていなければ、とうてい戦姫とは思えなかっただろう。

「魔物について、私が知ることは多くありません」

ヴァレンティナは、ティグルたちの説明を聞いたあと、そう返事をした。

「ですが、アレクサンドラが生前、魔物と交戦したという話は存じております」

　これは意外な情報だった。ティグルたちは顔を見合わせる。始祖アルトリウスや円卓の騎士が復活し、それに伴いアスヴァール島に戦乱が巻き起こっている件についてはすでにリムからヴァレンティナに説明済みだった。

「アレクサンドラは一度死んで、蘇った。そんな話を信じろと申されましても、困惑するしかありません」

　ヴァレンティナの言葉は、ティグルだって同じ立場に立てばまあそうだろうなと思う程度には常識的な思考の範疇（はんちゅう）であった。逆に言うと、今のアスヴァール島の状況が常軌を逸しているということになる。

「確かに信じられないことではありますが、アレクサンドラ様は私との会話で、蘇ったことを肯定していたのです」

「リムアリーシャ殿がおっしゃるなら、そうなのでしょう。私は生前のアレクサンドラの剣筋を存じません。ですが、あれほどの剣の使い手がふたりもいるとは考えたくないことです」

　アレクサンドラは、リムやティグルと渡り合いつつ、空間を渡って死角から奇襲してきたヴァレンティナにも対応してみせた。尋常ではない力の持ち主だ。同じことは、きっとあのパーシバルとて無理だろう。

　先の戦い、ヴァレンティナは戦姫として、同じ戦姫に武で優劣をつけられたも同じということだ。彼女にも、素直に認めがたい思いがあるに違いないとティグルは考えた。

「ところで、リムアリーシャ殿の双剣ですが、珍しいものとお見受けいたしました」

目ざといな、とティグルはリムを見た。

「アスヴァール島の背骨と呼ばれるペナイン山脈の山中、ティグルや殿下とはぐれた先で、私は湖の精霊と出会ったのです。このふた振りの剣は湖の精霊から授かったものです」

別に隠すことではなかった。何より、双剣を手に入れた経緯には弓の王を名乗る人物がかかわってくる。リムは淡々と、そこに至る経緯も語った。

「エレンからの手紙にもあった、弓の王を名乗る人物との戦いの最中でした」

その人物が飛竜（ヴィーフル）に乗って襲ってきたこと、それを撃退するに際し、双剣が活躍したこと。弓の王を名乗る者は、空を飛んで去っていったこと。突拍子もない話ではあった。にわかには信じがたいと言われても仕方がないのであるが……。

「あなたの双剣は、私の持つエザンディスのように意思を持つ武器なのですね」

ヴァレンティナは、あっさりとリムの説明を受け入れてしまった。驚く一行に、彼女はくすくす笑う。

「その武器が尋常ならざるものであることは、ひとめでわかりました。ジスタートに伝わる七つの武器に匹敵するようなものが他にも存在するというなら、そのようなこともあるのでしょう。死者が蘇るよりは、よほど。魔物というものが実在するのであれば、それを相手にするために、過去、人は様々な方法を模索したはずです。その武器も、そうしたうちのひとつなのですね」

そう言われてみれば、そうかもしれない。話しながら、ヴァレンティナはリムを興味深げに観察しているようだった。リムがいささか身をかたくしている。

「アレクサンドラが魔物と戦った、という件について詳しく教えてください」

魔物という単語がまた出たところで、ティグルはヴァレンティナに訊ねる。リムが、はっとして言葉を引き継いだ。

「私がエレンから聞いていないということは、彼女はエレンにもそのことを言わなかったということでしょうか。それをなぜ、あなたが？」

「たまたま、風の噂で。そういう次第ですので、本当かどうかはわかりかねます」

ヴァレンティナは曖昧な笑みを見せた。公主ともなれば、色々な噂が入ってくるのだろう。それこそ真偽の怪しい話もである。あまりにも胡散臭い話ともなれば、他者にそれを伝えることもためらわれるに違いない。

「私が知る、魔物についての情報は、あとひとつだけでございます。ブリューヌの王家に近いところに、人ではないモノが紛れ込んでいると聞いたことがあります。魔物と呼ばれる者がたしかに存在し、それが国家を蝕んでいるという話でした。他国のことで、しかもただの悪意ある噂にすぎないものと思っておりました」

「ブリューヌに……魔物が?」

ティグルは衝撃を受けた。もし本当に、祖国の上層部にそのような存在が食い込んでいるとしたら、たいへんなことだ。今すぐ帰国して、父にこのことを報告したいという衝動を懸命にこらえる。

そもそも、この話が本当かどうかもわからない。ヴァレンティナも、信憑性のない噂にすぎないと言っているではないか。

「今回のアスヴァールの行動に際し、ブリューヌの動向についてはジスタートでも特に気にするところでした。ですが、ブリューヌは動く様子がありません。もしかすると、魔物についてかの国なりの事情があるのかもしれません」

「ザクスタンの動きはいかがですか」

「かの国については、このアスヴァールの方が情報を入手しやすいのでは?」

それもそうだ、とリムは引き下がった。ザクスタンは大陸側アスヴァールとブリューヌの間に位置する大国である。ブリューヌの東の国であるジスタートからは、いささか距離があった。

さて、情報の効果もおおむね終わったか、と思ったところで……。

「ヴァレンティナ殿、ご自身が魔物と会ったことはありますか」

唐突に、それまで黙っていたリネットがそう訊ねた。ヴァレンティナは困惑したように、首を横に振る。

「さきほども申しました通り、私が知る魔物についての話は、これだけです。私は魔物と遭遇したことがございません」

「なるほど、ありがとうございます」

リネットはギネヴィアの肩を親しげに叩き、「殿下、そろそろおいとまいたしましょう」と告げた。

ギネヴィアは慌てたように「もう時間ですか」と立ち上がる。ふたりとティグルは、ヴァレンティナに礼を言って退室した。

リムはひとり、もう少し彼女と話がしたいとその場に残った。


ギネヴィアの滞在している屋敷に戻る馬車の中で、リネットは「たいへんな人物ですね、あれは」と呟いた。

「どれほどですか、リネット」

「私でも、なかなか。ですがいくつかは」

「後ほど詳しくお願いしますね」

女性ふたりの会話に、ティグルは目を白黒させた。その様子を見て、リネットが「ティグルヴルムド卿にもお教えしたほうがよろしいでしょうか」と水を向けた。

「できれば、どういうことか知りたいな」

「私、ある程度は嘘がわかるのですよ。ブリダイン家に伝わる特殊な訓練で、全てがわかるわけではありませんが、ある程度は相手の雰囲気と仕草、声の上下などで発言の真偽を見抜くことができます」

とんでもない話だった。ティグルは慌てて、これまでの自分の発言を反芻する。適当な嘘をついて、彼女をひどく欺いたことはなかったか。ごまかしたことはなかったか……。

リネットは口もとに手を当て、くすくす笑った。

「気になさらずとも、ティグルヴルムド卿はとても誠実な方ですよ。正直なところを申しますと、もう少し心地よい嘘で女性を楽しませてもよろしいかと」

「俺は、そういうのが得意じゃないんだ」

「存じております。精進ですね」

ティグルは縮こまった。どうにも、からかわれていけない。ギネヴィアに視線を向ければ、少し複雑そうな表情でティグルとリネットを交互に見ていた。

「殿下、どういたしましたか」

ティグルは訊ねてみた。

「その。おふたりは、旅でずいぶんと仲良くなられたな、と」

「焼いておられますか、殿下」

リネットが余計なひとことを口にした。ティグルは慌てるが、ギネヴィアは少し首をひねった末、「そうですね。羨ましく思います」と正直な告白を漏らした。

「仲良くなった、あの村の人々とは、もう顔を合わせることもできなくなりました。生き残った彼らの大半は山に戻ったと聞きます。充分に恩賞は与えた、とリネットに聞きましたが……。臣下の者たちは、どんどん私から離れていく。私は孤独になる。これから先も、私が生きる限り、この思いを抱えるのだなと考えました」

ティグルは、はっとなった。ギネヴィアは女王になろうとしている。孤独な支配者に。リネットはそれを聞いて、深くうなずいた。

「殿下が望んだことです。ですが、泣いてすがるなら、不肖このリネットが慰めてさしあげてもよろしいですよ」

「では、リネット。今日は残務を放り捨て、私の部屋に泊まりなさい。語り明かしましょう。旅の間の話を聞かせなさい」

「もちろんです、殿下。ティグルヴルムド卿もご一緒にいかがですか。殿下とふたりで、あなたを篭絡してさしあげます」

ふたりのギリギリの会話が終わったと思ったとたん、こちらに矛先が来て、ティグルは苦笑いした。

「ご遠慮いたします。どうか、親友同士の語らいを楽しんでください」

冗談にしても、女性同士の語らいに割り込むなど御免被る。

「それより、リネット様。さきほどの話の続きをお願いします。ヴァレンティナ殿の話のどこが嘘だったのでしょう」

リネットは、まあ、と口もとに手を当てわざとらしく驚いてみせるが、すぐに表情を切り替え、眉をひそめてみせる。

「かなり上手く隠していたため、必ずとは申せませんが」

そう前置きしたうえで、聡明な少女は告げた。

「魔物と会ったことがない、という部分は嘘でしょう」

†

驚きだった。それ以上のことを聞きたいティグルだったが、馬車が目的の場所についてしまったため、話を中断せざるを得なかった。

デンの元領主屋敷を接収した建物は、警備の兵士が多い。歩きながらの会話は機密の面から好ましくなかった。

ギネヴィアとリネットが並んで廊下を歩けば、来訪した貴族が次々と話しかけてくる。いちいち足を止めて挨拶しながらギネヴィアの執務室に戻るだけでだいぶ時間がかかってしまった。

ティグルだけを護衛として残して使用人や部下を追い出し、鍵をかけてから、ようやく話の続きに入る。

「私がヴァレンティナ殿の面会に同行したのは、彼女が、ひいてはジスタートがどれだけ信用できるか、この目で確認するためでした。リムアリーシャ殿もご存じのことです」

まず、ティグルはこのことすら知らされていない。あまり腹芸(はらげい)が得意ではないという自覚があるので、特に不満はないのだが……。

「これはここだけの話でお願いしたいのですが、殿下はきちんとした王族教育を受けておらず、他人の心を推し量る技術が不得手です。故に諸侯との謁見(えっけん)では、必ず私がそばに控えておりました。諸侯としては、それが邪魔だったのですね。半月ほど旅に出る羽目になった理由には、そういう部分もあります。まあ、かわりに父が頑張ってくれたようですので。当然ながら、父も同じ芸当ができます。道化たちの努力は無駄だったわけです」

なるほど、宮廷政治とはたいへんだ。

いや、たいへんだ、ではいけないのはわかっているのだが、相手の表情を読めと言われてもティグルは困ってしまう。

ギネヴィアは穏やかに微笑んでいた。彼女をじっと見つめる。リネットの話を聞いてどう思っているのだろう。内心で憤慨しているのだろうか。ティグルの視線に気づいたギネヴィアが、彼の方を向き、ゆっくりと首を横に振った。

「ティグルヴルムド卿、あまり女性の顔をじっと見つめるものではありませんよ。リネットが言う、嘘を見抜く技術は、相手に知られないよう自然に観察することが前提です。私は得意ではないというのは、さきほど彼女が申した通りですが……ああ、でも。ティグルヴルムド卿が考えていることは、何となくわかりますね」

「申し訳ありません、殿下」

ティグルは赤面し、頭を下げた。自分は何を、寝ぼけたことをしているのだろう。

「ティグルヴルムド卿は、不器用な方ですね。そこは殿下の顔に見惚(みと)れていた、等とうそぶけばよろしいのです」

「リネット、勝手なことを言わないで」

完全に素の口調になったギネヴィアが、頬を膨らませる。ティグルの前でもあまり素を出さない彼女にしては珍しい。やはり、リネットという少女との気安い関係は、得難いものなのだろう。

「また話が横にそれました。ヴァレンティナ殿が嘘をついているとおぼしき箇所は、他にも二か所、ございます。レグニーツァの戦姫が魔物と戦ったことを風の噂で聞いた、という部分がひとつ。ブリューヌの王家に魔物が近づいている云々のことを悪意ある噂にすぎないと軽んじた部分がもうひとつです。おそらく彼女は、ブリューヌの王家の近くに魔物がいることを、何らかの情報によって確信したのでしょう」

この情報だけでも非常に重要だ。

そこから示唆されることは何か、ティグルは必死で考えた。ブリューヌの辺境であるアルサスの地では、影響も少ないかもしれないが……それでも、故国であるブリューヌの王家に魔物が接近しているという事実は看過できない。

「ティグルヴルムド卿、焦る気持ちはわかりますが、今、あなたがブリューヌに戻ると言うのは困ります。おわかりですね」

「そもそも、そんなことは無理です。もちろん、理解していますが……それでも、心がざわめくのを抑えきれないのです」

「それでも、いまそのことはひとまず置いておいてください。魔物というものがどれほどのものなのか、私にはいまひとつわかりかねます。ですが伝承の紐を解いてみれば、円卓の騎士たちのエピソードとして、邪悪な怪物を退治したという類いのものは多々あるのです。それらのひとつ、あるいは複数が真実に魔物を退治したという記録であった可能性は充分にあるでしょう。伝承を精査する必要がありますね」

実際のところ、とティグルは思う。

――円卓の騎士のエピソードには、妖精や精霊といった存在が出てくるんだよな。

これらが実在することをティグルは知っていた。この屋敷で飼われることになった子猫のケットもその一体だと知るのはティグルだけだ。

帰路、この不思議な子猫は、己のことについて「あまり他人にしゃべらない方がいい」と忠告してくれた。しゃべっても信じてくれないだろうし、ケットが話をする相手はケット自身が認めた相手でなくてはならないとのことだ。

これは誓約であり、覆らぬ決定であるとも。

今のところ、ケットはティグル以外の者を認めていない。ティグルを認めたことについても、まずはケットの主人であるモルガンが緑の髪の指輪を渡したからこそであるとのことだ。

「私の思考の過程を飛ばして結論だけ申しますと、ヴァレンティナ殿は一部の魔物と取引をしているか、していたことがあるのでしょう」

リネットは、さらにとんでもないことを言い出した。さすがに、ギネヴィアも半信半疑の様子である。

「リネット、流石にそれは……。あなたは自分のその考えにどれだけの自信を持っていますか。根拠はありますか」

「根拠はありませんが、確信は持っています」

「では信じましょう」

ギネヴィアは肩をすくめ、どうですとばかりにティグルを見た。どうやら親友を自慢したいらしい。

可愛らしいことだな、と思ったが、態度には出さず「そういうことであれば、俺も信じましょう」と返事をするに留める。

　リネットがくすくす笑った。はたしてティグルの心をどこまで読んだのだろう。先ほどの話を聞いたあとだと、やりにくい。ティグルとしては、そこまで話が飛躍してしまうと彼女の言葉を信じることが難しくなる。

「よいのですよ、ティグルヴルムド卿。私を疑いなさい。それくらい用心深い方が、護衛としても信頼できます」

「今の俺は信頼できませんか」

「訂正します。より信頼できるあなたとなるでしょう」

　ティグルは後ろ頭を掻いた。本当にやりにくい。

「いずれにしても、ヴァレンティナ殿のおかげで魔物というものが本当にいると、私も確信できました。今後は、そのように戦略を修正いたしましょう」

「それは、リネット。あいつらと手を組む可能性もあるということですか」

　ギネヴィアが、きつい口調で訊ねる。リネットは平然と「昨日の仇敵と手を組む可能性はつねにありえます。それが為政者というものでしょう」と返す。

「そこばかりは、殿下の頭を叩いてでも、やっていただきますよ」

「叩かれるのは嫌ですね。わかりました、せいぜい顔に出さぬよう努力いたします」

　親友らしい、じゃれあいのような言葉の投げ合いだ。

　しかしティグルは、リネットがギネヴィアが逆上しかねないすれすれのところで彼女を制御してみせたことを理解した。この殿下をここまで操れる者がリネット以外にいるのだろうか、とつい考えてしまう。

——もしリネットがいなくなったら、殿下はどうなってしまうのだろう。

ふと、脳裏をよぎるのはそんなことだった。

「殿下は私に甘えているだけなのですよ、ティグルヴルムド卿。それでよろしいのです。為政者が素の自分を見失うことは、好ましいことではありません。少なくともブリダイン家では、そのように考えます。いっそ赤子のように駄々をこねていただければ、溜まった鬱憤も解消されるのでしょうに。へんに生真面目なものだから」

「リネット、あまりそういうこと！」

ギネヴィアはそう叫んだあと、ティグルの視線に気づき、あっと口に手を当てて赤面した。

ティグルは礼儀正しく視線をそらした。

幸いにも、王女殿下はそれ以上追及して来なかった。

†

翌日、ティグルはリムに、リネットとギネヴィアの会話を伝えた。リムは「やはり、ヴァレンティナ様は油断のできない方ですね」とため息をつく。

「きみはヴァレンティナ殿をずいぶんと警戒していた」

「ジスタートの戦姫の中でも、とくに為人をつかめない方です。エレンも同じ意見です」

　彼女たちが口を揃えてそう言うのなら、そうなのだろう。

「ですが、彼女とある程度の協力関係を築くことは、ギネヴィア派とジスタートの今後にとって良き一手となります」

「手紙の受け渡しをしてくれるだけでも、便利だな」

　仮にも戦姫を早馬代わりとは大仰なことだが、なにせ最寄りの港から港でも船で十日以上の距離である。ジスタートの情勢とこのアスヴァール島での戦いが繋がってくるなら、あるものは何であっても使いたい。

「問題は、彼女の目的です。私は以前から、彼女が戦姫の地位以上のものを求めているのではないかと疑っておりました」

　ティグルは驚いた。リムがあえて言葉にしなかった部分を正確に理解したからだ。

「そこまでの野心があるのか」

「何であれば、ティグル。今度、女王ゼフィーリアの物語について、彼女に話を振ってみてはいかがでしょう」

　アスヴァール王国が島から大陸にその領土を広げたのは、ゼフィーリアという女王の治世においてのことである。野心ある女性にとって範となる人物といえば、まず彼女の名が挙がるのは当然のことだろう。だが、戦姫より上の地位、というさきほどのリムの言葉と合わさると、話はまた変わってくる。その野心が、王位すら視野に入れているということだ。

「ヴァレンティナ様のことを危険な方と言った理由、おわかりいただけましたか」

「少なくとも、彼女の前では発言を慎重にするよ」

ティグルは肩をすくめてみせる。

第５話　まつろわぬ神の神殿

ティグルたちは、まつろわぬ神の神殿に向かって旅立った。

供の者は少数に留めた。結果、同行するのは男装したギネヴィアとリム、斥候（せっこう）の得意な騎士十名、それに子猫が一匹となった。

ケットは置いていくつもりだったが、ティグルの荷物に紛れこんでいた。それが判明したのは馬に乗ってデンの町を出てからしばらく経ってのことである。

「何でついてきたんだ」

「余が下僕を心配して何が悪い」

ギネヴィアとリムから隠れてケットに訊ねてみれば、そんな返事がきた。決闘の期限まで余裕がないため、いまさら戻るわけにもいかない。仕方なく、ティグルは猫の王を名乗る存在の同行を許した。

もっとも、ケットはただの猫ではない。放り出しても勝手に町へ戻ることができるような気もするし、人里に飽きたら森へ戻っても生きていけるだろう。子猫なのは外見だけで、実際はずっと長生きをしているようにも思える。

「まあ、可愛らしいですね。私も抱いてみてよろしいですか」

ギネヴィアはやけに子猫を気に入り、ケットを両腕で大事に抱えて馬に乗った。

王女殿下は、一日の終わりになって、こんなことを言い出した。

「この子猫を抱えていると、なぜか馬がおとなしいのですよ」

猫の王の権威は馬にも通じるのだろうか、そもそも猫の王とは何なのだろう、とティグルは考えこまざるを得なかった。

斥候の騎士たちは二名ずつ五交代で前方を偵察し、頻繁に異常がないことを報告してきた。彼らはブリダイン公爵のもとで鍛えられた者たちで、今回の極秘任務の重要性をリネットからよく説明されている。ティグルが命令せずとも熟練の連携を発揮し、情報の共有もしてくれた。

幸いにして、道中、山賊の影は見られないとのことである。デンの近隣の治安は大幅に向上した。ティグルたちの行った山賊狩りが人の噂に上り、落伍した兵士はもっと遠くに逃げたのかもしれない、とリムが推測する。

「山賊狩りの真価は、我々が不埒な行いを許さないと断固たる意志を内外に示したことにあります」

「逃げた山賊は別のところで暴れるだろう」

「南に追い立てるぶんには、進発した軍が駆除してくれます」

ティグルたちが旅立つのとほぼ同時に、諸侯軍の先発隊三千が南下を開始している。この一軍の指揮官には、複雑な権力争いの結果、確かどこかの伯爵が就任していたはずであった。こ

の間に合わせの軍は最終的に後発の本隊に吸収され、その総指揮官の座にはティグルがおさまる手筈となっている。無茶をしなければ問題はないはずだ。先発隊は無理をせずゆっくり南下し、ギネヴィア派ここにありと存在感を示すだけでいい。

幸いにして軍の勢いはギネヴィア派が勝っている。ただでさえ数で上まわるうえ、アルネ子爵が旗幟を鮮明にしたことで、勝ち馬に乗り遅れるなと北方の諸侯が続々と集いつつあるのだった。

現在、デンの町ではギネヴィアの影武者が活動して、本隊の出陣式の準備をしている。これには半月ほどかかる見込みで、その間に集う諸侯の部隊を吸収し、七千ほどに膨れ上がる公算である。先発隊と合わせて総勢一万だ。

ギネヴィアの影武者はブリダイン公爵家がかねてから用意していた女性で、血筋的にはギネヴィアの従姉妹にあたり、ぱっと見るだけでは見分けがつかないほど顔とものごしがよく似ている。ギネヴィアより少し線が細いが、これは直近の数か月でギネヴィアがたくましくなったせいだろう。影武者は現在、肌に日焼け痕をつくろうと頑張っているとのことだった。涙ぐましい努力だ。

ティグルも一度、この影武者と会ってびっくりした。リネットに言わせると、ギネヴィアを以前からよく知る者の目はごまかせないだろう、とのことだったが……。

幸いにして、ことが起こる前のギネヴィアは、あまり社交界に出ていなかった。

「引きこもりが幸いしましたね」

とリネットは皮肉に笑った。加えて、「影武者の方が気品があります。状況に応じて、本物と使い分けましょうか」などと言って、ギネヴィアをからかう。王女殿下はしばし、ひどく機嫌を損ねた。

ガラハッドとの決闘は秘密裏に果たされなければならない。そもそも王女が決闘に赴くなど貴族たちに説明できないし、したところで理解もされない。

順調にいけば、まつろわぬ神の神殿まではデンの町から馬で二日、そこから山道を徒歩で二日半の距離だ。時間的な余裕はたっぷりとあるはずである。

「兵站から逆算すると、三か月以内にコルチェスターを奪還しなければなりません。さもなくば、組織は活動の限界を超え、自壊するでしょう」

リネットはそう予言していた。リムもその意見に同意している。

「秋の収穫祭までにすべてを終わらせるということか」

ティグルはじりじりと照りつける太陽を見上げ、月日の計算をする。時間がかかれば、偽アルトリウス派はアスヴァールの大陸部の支持を固め終わり、六万を超えるという大陸軍を島に持ってくるだろう。そうなれば、ギネヴィア派は厳しい戦いを強いられることになる。

ティグルはボールスとの会話を思い出していた。

――ボールスは最近まで大陸側にいたと言っていたな。

彼ら円卓の騎士がアスヴァールの大陸側を自由に歩いていたとなると、あちら側における偽アルトリウス派の勢力はだいぶ力をつけているに違いない。彼らにそのつもりがなくても、日和見の諸侯に対する圧力となっただろう。

ブリダイン公爵の密偵による報告でも、偽アルトリウス派が今年中には大陸側をまとめ終わるだろう、と予測されていた。

一日目、二日目と村で休むことができた。

三日目の途中からは、馬を預けて山の奥、木々が豊かに生い茂る森に分け入る。夜は野営だ。騎士たちが持ちまわりで火の番と見張りをしてくれた。ティグルたちはありがたく身を休めることにする。

「私は、ガラハッド卿と話をしてみたいと思います」

焚き火にあたって、ギネヴィアは言う。

「物語の中のガラハッド卿は、困った者を見ては無条件で救わざるを得ない、義勇に溢れた人物です。リネットの話ですと、会談中のガラハッド卿はまったくしゃべらず、ボールス卿に任せていたようですが……彼がどのような人物で、何を考え決闘を選択し、我々とどんな利害が衝突しているのか、確かめる必要があるでしょう」

「それで、戦いを避けることが可能でしょうか」

　リムが現実的な視点で反論した。ギネヴィアは冷静に首を横に振る。

「無理かもしれません。ですが無駄な話し合いにはならないと思っています。私たちは、偽アルトリウスが何を目的としているのか、その真意を確かめる必要があります」

　魔物の一件が本当なのか、いったいなぜ、そこまで魔物を目の仇としているのか。足りない情報は多く、それを少しでも埋められるなら対話する意味はあるということだ。

　リムはギネヴィアの話を聞いて、考えこんでしまった。

　ふたりきりのタイミングで、ティグルはリムとそのあたりの話をする。

「私が気になっているのは、偽アルトリウスがジスタートを攻めたことです」

　なるほど、近傍のブリューヌを飛ばし、ジスタートを攻めた不可解さについては、以前にも話題にしたことがあった。あのときは何の手がかりもなく、議論も無意味であったが……。

　今は、違う。ティグルたちは重大なヒントを手に入れている。

「それだけではありません。ヴァレンティナ殿の言葉が正しければ、ブリューヌでは魔物が王家に近い者と成り代わっているのですよ」

　まったくその通りだった。偽アルトリウスがジスタートをブリューヌより先に叩かなければならない必然性、これを考えた場合、嫌な予想ばかりが出てきてしまう。

「ジスタートの汚染はブリューヌ以上、ということか」

「もしそれが本当なら、あまりにも深刻な事態です」

ヴァレンティナが嘘をついている、とリネットが看破したことも、リムの懸念のひとつであった。

「最悪の事態も想定する必要があります。ですが、王家に近い者が魔物であるよりも悪い事態となると、もはや……」

彼女が口を濁すのも無理はない。王が魔物である、などという想定で行動するならば、とれる手立ては限られてくる。

リムによれば、現在のジスタートの王は狭量な人物で、戦姫が力をつけ己を害することを恐れる小心者である、とさんざんな評価であった。とはいえそれは、とても人間らしい行動に思える。もし魔物がヒトならざる心の持ち主で、ヒトの論理の外にいるような存在であるなら、そこまで人間らしい行動をとるだろうか。

「情報が足りない以上、ここであれこれ考えても仕方がないのかもしれません。ですが、どうしても考えてしまうのです。エレンが無事であればよいのですが……」

ヴァレンティナからの情報によれば、偽アルトリウスがジスタートに送った軍勢はレグニーツァの港町を占拠したあと、活動を停止したという。

時期的に考えると、弓の王がアスヴァール島に戻ったからだろう。そのおかげでエレンたちは態勢を立て直す機会を得ることができた。

とはいえ、それからもう三か月近くが経っている。弓の王が向こうへ舞い戻れば、今度こそジスタートの命運をかけた戦いが始まるだろう。

「そのとき、私がエレンのそばにいられないのが悔しいのです」

拳を握りしめるリムに、ティグルはかける言葉が見つからなかった。


猫の王を自称するケットは、夜になるとどこかへ行ってしまい、朝方に戻ってくる。

何をしているのか、こっそり聞いてみたところ……。

「下僕が寝ている間に働いている。勤勉ゆえにな」

というそっけない返事だった。

その言葉には間違いがないのだろう。ただし昼間は、ギネヴィアが抱きかかえるか、そうでなければティグルの背負った荷物に紛れこむかでずっと眠っているのだからあまり偉そうなことを言えたものではないと思う。

「きみの仕事って、何なんだ」

「下僕は我らに従っておればよろしい」

ケットは己の仕事についてかたくなに口を閉ざした。薄汚れて帰ってくることもあったから、実際に何かしているのは確かなのだろう。

そのたびに、ギネヴィアが嬉しそうに「清潔にしなければ」と川でケットの身体を洗っていた。

子猫はひどく嫌がったが、どうしてかギネヴィアの手の中にあるときは暴れもせず、ぐったりしつつも恨みがましい目をティグルに向けるだけであった。王女殿下の威光なのだろうか。

四日目は夕方になって住民二十人程度の集落を発見し、そのすぐ近くに泊めさせてもらった。ギネヴィアは当然、身分を隠していたが、高貴な生まれの者であることは隠しようもなく、集落の人々はひどく恐縮してしまった。

ティグルの提案で、彼らに酒を振る舞った。酔えば口の滑りもよくなる。集落の人々はここ数か月の状況に疎かったが、ここ数日というもの、目的とする山が奇妙な気配に覆われていると一行の行く手を心配してくれた。

「先にガラハッドが来て、罠を張っているということはありませんか」

リムが疑念を呈する。ギネヴィアはその考えに否定的だった。

「ガラハッドは高潔な騎士と聞きます。リネットの印象も同じでした。伝承が本当かどうかはともかく、リネットの直感を信じたいと私は思います」

確かに、じかに対面したリネットがそう言うのなら、とティグルも納得した。

これまでも、彼女の政治的な判断には何度も助けられている。ヴァレンティナの嘘を見破ったこともある。人を見る目、という点では誰よりも頼りになる人物であった。

五日目。ここから先は偵察も不要、とティグルたちは護衛の騎士たちを集落のそばに留め、荷物の大半も置いて、三人と猫一匹だけで出発した。

豊かに木々が生い茂る山を、道なき道を進む。ギネヴィアはティグルが思った以上の健脚でふたりについてきた。パーシバルと戦ったときより山に慣れている。

「練習したのです。執務の間を縫って。いずれ、このようなときが来るだろうと、そんな予感がありました」

なんとも頼もしいことであった。

昼には目的の場所につく。

無事ならば夕方には野営地に戻れるはずだった。彼らがついてきても守ることができないし、ギネヴィアは無駄に死ぬことをよしとしなかった。

ティグルが先頭に立ち、藪を割って進む。今日ばかりは、ケットもティグルの肩に乗って、緑の瞳で前方を睨んでいた。

「今日に入ってから、森の様子がおかしい」

ティグルは呟く。

「獣の気配がない。獣道はあるんだから、日常的にここを通っていた猪か何かがいるはずなんだが……。どういうことだ。まるでどこかに獣たちが逃げ出す原因があるかのようだ。俺たちなのか、それともガラハッドなのか、あるいは……」

ケットはちいさく鳴いた。その通りだと言っているように聞こえる。

「虫の音も聞こえない。鳥の鳴き声も聞こえない。まるで森が死んでしまったかのようだ。気味が悪い。これは、まつろわぬ神の神殿と関係があるのか」

子猫の返事はない。それでもティグルは、ケットにだけ聞こえるよう囁き続けた。

「ひょっとして、ここ数日、きみが夜に抜け出していたのは、付近の生き物を避難させるためだったのか。俺たちが心置きなく戦えるように」

たとえ獣たちがいたとしても、ティグルはいざとなれば、パーシバルの時と同様、全力で戦うだろう。あのときはティグルの矢で山がひとつ形を変えた。黒弓の力を解放するとはそういうことだ。

「ずっと考えていた。俺はまだ、黒弓の力を使いこなしているとはいえない気がする。この力には、まだ先がある気がする。ケット、きみはそれを知っているのか。俺はどこまで行けるのだろう。きみはそれに手を貸してくれるのか」

子猫は、またちいさく鳴いた。今度は、少し突き放したような響きだった。

「ティグル、あなたはその猫とずいぶん仲がよくなりましたね」

最後尾を警戒しながら歩くリムが声をかけてくる。会話は聞こえていないはずだが、猫に話しかけているのはバレていたらしい。これでは心の不安定な男になってしまう。ティグルは振り返り、笑ってみせた。

「朝、餌をやっていたのは俺だからな。餌をくれれば誰にでも擦り寄るだろう」

子猫は不服そうに、ティグルの肩に掴(つか)まる前脚の爪を立てた。ティグルは悲鳴をあげる。ギネヴィアがくすくす笑った。

「本当に、仲がいいですね」

「そう思うのでしたら、ぜひとも殿下、こいつと仲良くしてやってください」

ティグルはケットの後ろ首を掴むと、ギネヴィアにぽいと投げた。

ケットは身を丸めて、恐れ多くも王女殿下の胸もとにへばりつく。ギネヴィアはケットを抱き寄せると、幸せそうに頬ずりした。

ケットは抵抗しない。どうもこの子猫、王女に対しては妙に親しげだ。

「殿下、いざという時は小杖(ワンド)でその子を守ってください」

「もちろんです。こんな可愛い子を犠牲にさせるものですか」

ケットは抗議するように鳴くが、その声色もいささか卑しく媚(こ)びを売っているように聞こえてくる。まさか猫の王がヒトの権威に弱いとは思えないが……。

「そろそろのはずですね」

リムが言った。目的地であるまつろわぬ神の神殿のことだ。

ティグルはうなずき、小休止を宣言した。おそらく、ガラハッドは神殿で待ち構えているだろう。これが最後の休息となる。

†

太陽が南中する頃、まつろわぬ神の神殿にたどり着いた。

人の手が入らなくなってから少なくとも百年は経過しているだろう、石造りの建築物だった。屋根はすべて崩れ、蔦と苔に覆われた石柱が崩れかけの石壁と共に立ち並んでいる。

入り口だったとおぼしきあたりに、古い文字の記された石板があった。蔦を剥ぎ苔を削いで、ギネヴィアに文字を読んでもらう。彼女も知らない神の名が記されていた。

「契約を司る神であったようです」

古い古い時代、この島ではたくさんの神が崇められていたという。

現在、それらのほとんどは消え去り、始祖アルトリウスと円卓の騎士に対する信仰だけが残った。ティグルたちがはじめにたどり着いた山岳地帯は例外で、古い神々に対する信仰も多少は残っているとのことであった。

ギネヴィアがかの地に逃げ込んだのは、始祖アルトリウスに対する信心が他の地域よりも少ないから、という理由もあったのだろう。

失われた神殿の奥には、朽ちた祭壇と、風雨に晒され原形を留めていない、楕円形の神像があった。かつては上半身まるごと、頭や手があったとしても、それらは長い歳月で削られ、折られ、ただ胴体部分だけが残ったのだろう。

その神像のそばに、ひとりの男が立っている。

たくましい体躯に金属鎧をまとい、深くフードをかぶった騎士だ。騎士はティグルたちの姿を見つけると、ゆっくりとフードをとった。金髪碧眼の若い男の顔が、中天に達した陽光に照らされる。

——あの男が、ガラハッドか。

ギネヴィアが一歩、前に出た。

「ギネヴィア＝コルチカム＝オフィーリア＝べディヴィア＝アスヴァールです。円卓の騎士ガラハッド卿とお見受けします。よろしければ、まず話を聞いていただきたく存じます」

騎士は無言で剣を抜いた。赤黒い刀身の剣だった。神器だ。

ギネヴィアが息を呑む。

「問答無用というわけですか。殿下、お下がりを」

リムが双剣を抜いて前に出た。ティグルは弓弦に矢をつがえる。

「ライトメリッツ公主代理リムアリーシャ」

「ヴォルン伯爵家、ウルスの息子、ティグルヴルムド＝ヴォルン」

ふたりが名乗りをあげると、騎士はようやく重い口を開いた。

「円卓の騎士ガラハッド」

ただ、ひとことそう告げて、赤黒い剣を両手で構える。

「いざ尋常に、勝負！」

ティグルは叫ぶや否や、矢を放った。

ガラハッドは地面を蹴り、前に出る。剣が揺れた。と思った次の瞬間には、ティグルの矢が切り払われている。剣先が見えなかった。あまりの速さにティグルは目を瞠る。いや、それよりも……。

——黒弓の力が……緑の髪の指輪が反応していない！

「ガラハッド卿、待ちなさい！」

リムが行く手に立ちふさがろうとして、猪のような突進に弾き飛ばされた。ガラハッドはまっすぐにギネヴィアのもとを目指す。

どういうことだ。ティグルは必死で考えを巡らせた。敵は蘇った円卓の騎士、条件はパーシバルと同じはず。なのに何故、黒弓は力を貸してくれない。善き精霊はティグルに助力してくれない。

——条件がある？

思えばティグルはこれまで、黒弓のことも緑の指輪のことも場当たり的に使ってきただけだ。状況的にそうせざるを得なかったというのもあるが、ヒトならざる存在に対して不敬である、という意識が働いたのは確かである。

結果、今、窮地に立たされていた。

「殿下！」

ティグルの声に応じてギネヴィアが小杖を掲げた。

青白い結界が展開される。彼女の左腕で抱えられていた子猫のケットが、鋭くかん高く鳴いた。

ガラハッドがケットの存在に気づいたのか、目を大きく見開く。

ほぼ同時に、猫の鳴き声に呼応するように結界が膨張した。半透明の光の縁がガラハッドの赤黒い剣と接触する。

その瞬間、目を開けていられないほどの白い光が、そこから生まれた。

†

ティグルの身体は白い光に包まれた。ガラハッドをはじめとした皆の呻き声や悲鳴が聞こえた。何も見えない。感覚すら失われた。

自分が大地に立っているのかどうかすらわからない。身体がふわふわ浮いているような気すらする。

「何が起きて……」

まばたきをひとつ、した。

そのとたん、目の前が薄暗くなる。

両足が硬い床についた。

ティグルは豪奢(ごうしゃ)な宮殿の大広間にいた。

――ここは、どこだ。

赤い夕陽が、窓から差し込んでいる。一段高いところに玉座があり、そこにひとりの男が腰を下ろしていた。金髪碧眼の、痩(や)せぎすな壮年の男性だ。思わず目を瞠るほど整った顔立ちをしている。純白の簡素な祭衣を身にまとっていた。

その男の前に、三人の騎士が跪(ひざまず)いていた。

ティグルが驚いたことに、彼は三人の顔も名前も知っていた。

パーシバル、ボールス、そしてさきほど戦ったばかりのガラハッドであった。ただ、三人ともティグルが知る彼らより少し老けて見える。

三人の円卓の騎士がかしずく相手。つまり、玉座の人物とは……。

「あの男が、アルトリウス、なのか」

かすれた声が出た。はっと口を押さえるが、すぐ近くにいる彼らは反応しない。まるでティグルのことが見えも聞こえもしないかのようだった。

「夢を見ているのだろうか」

ふと、呟いた。

そうかもしれないと思う。どうしてこんな夢のような光景を見ているのかはわからないが、ガラハッドや彼の持つ赤黒い剣の仕業とは思えなかった。

やがて、アルトリウスとおぼしき男が口を開く。

「ランスロット卿を追うこと、まかりならぬ」

聞くだけで身を震わせてしまうような、威厳のこもった言葉だった。三人の騎士が、さらに頭を下げる。額を床にこすりつけそうなほどだった。

「どうか、どうか！」

パーシバルが絞りだすような声で直言する。

だがアルトリウスは、冷たい目でじっと彼を見つめたあと、ふたたび「まかりならぬ」と告げた。

「ですが！　それではあまりに、奥方様が不憫でございます！」

次に口を開いたのはボールスだった。ティグルと会ったときの飄々とした様子は影も形もなく、額に汗を浮かべた必死の形相である。

「トルバランは奥方様を殺害し、その首を持って大陸に逃げたのですぞ！　せめて首だけでも取り戻すために向かうのがランスロット卿ひとりでは、いかにあやつが優れた騎士であっても……」

「わしはランスロット卿の一件も認めておらぬ。奴が勝手に飛び出したのだ。今、大陸に手を出してはならぬとかたく命じたはず。ランスロット卿は、その禁を破った」

――これは、なんだ。

ティグルは混乱した。円卓の騎士ランスロットは始祖アルトリウスの配下でも、もっとも高名な人物である。湖の精霊に育てられた過去を持ち、長じて湖の騎士と呼ばれるようになった。さまざまな戦いで一番槍を務め、アルトリウスにもっとも信頼された騎士であったという。

だが、ランスロットは突如として出奔し、大陸へ向かってしまう。これは公式の記録にも記された事実だ。

大陸に渡って以後の彼の行方はよくわかっていないが、アスヴァール王国の大陸部各地には円卓の騎士ランスロットの活躍する逸話が残っている。

もっとも、当時他国の領土であったはずのこれらの地では、なぜか島から一歩も出ていないはずであるそれ以外の円卓の騎士たちの逸話も残っているので、これらが事実と考えるのは難しい。時系列的にも支離滅裂なものがほとんどである……。

いずれもギネヴィアとリネットが語っていたことだ。ここ数か月でティグルは円卓の騎士にだいぶ詳しくなった。あと半年もすれば円卓の騎士の逸話を弾き語りする吟遊詩人になれるかもしれないとすら思う。

「ボールスは今、何といった？　トルバラン？　奥方の首？」

ティグルは呟く。これが三百年前に起こった出来事の真実であるというなら、円卓の騎士ランスロットは、アルトリウスの妻を殺した人物を追って大陸に向かったことになる。そして、二度とアスヴァール島に戻らなかった……。

当時、建設されたばかりのアスヴァール王国は大陸の国々と緊張関係にあったという。この場面においてアルトリウスが円卓の騎士の外征を禁じたのには、そういう理由があるのだろう。アスヴァール王国が本格的に外征し、大陸の領土を切り取るのはだいぶ時代が下ったあと、女王ゼフィーリアの治世においてだ。

ちなみに、記録にあるアルトリウスの妻は、名をギネヴィアという。

これは偶然でも何でもなく、始祖の妻の名にあやかり、一、二世代にひとりは王族にギネヴィアの名がつくからである。逆にアスヴァール王国において、王族以外がギネヴィアの名を貰うことはない。これらもギネヴィア自身から、それもかなり誇らしげに語られたことであった。鱗試しの最中の雑談だ。

「トルバランは我ら円卓の騎士が六人でかかって倒せなかったほどの魔物でございます！　支援を！　ランスロット卿への支援を、どうか！」

パーシバルが叫ぶ。

ティグルは、まさかと思う。パーシバルの強さはよく思い知っていた。あの男が平均的な円卓の騎士とは思いたくないが……。

少なくとも彼と他に五人の騎士が束になってかかり、倒せなかった相手？　それが、トルバランという魔物？

いや、待て。ティグルは猫の王を自称する存在との会話を思い返す。

「ケットは言っていたな。パーシバルが、俺たちと戦う前、この地に棲みついた魔物を滅ぼしたって。あの魔物は、何て名前だったんだ」

「まさにトルバランである」

唐突にケットの声が聞こえてきた。ティグルは左右を見渡した後、頭上に気配を感じて天井を見上げた。子猫がティグルの上から降ってくる。慌てて両腕で抱きかかえた。ケットはティグルの胸もとから顔だけ這い出し、可愛らしい鳴き声をあげる。

「ふう、古の神々の力に巻き込まれるとは困ったことだ」

「神々の力？　それって、神殿の……」

確か、契約の神であったか。子猫の言葉が正しければ、あの神殿跡地で戦ったせいで、この事態が起きたということになる。

「どういうことなのか、わかるか」

「さて、余がわかることは、ひとつ。このまま黙っておればよいということ。これほどの幻視だ、そう長くは続くまいよ」

「幻視、幻ってことなのか。確かに、それだけわかれば充分だな。……トルバランという魔物をパーシバルが倒したって、本当なのか」

「うむ。あの魔物は自らをそう名乗っていたゆえ、間違いなかろう。恐るべき力の持ち主であった。恐るべき邪悪さであった。しかし魔は払われ、猫たちは夜明けの歌を歌った」

ティグルは猫を抱いて考える。

三百年前は円卓の騎士六人がかりでトルバラン相手に決着がつかなかった。対して蘇ったパーシバルは単独でトルバランを滅ぼした。

「猫が喜んだっていうその戦い、どうして三百年前と違う結果になったんだ。赤黒い武器の力が、それだけ優れていたのか？」

「我らは誰も近くで戦いを見ておらぬゆえ、子細は知らぬ。おまえたち命を捨てることためらわぬ下僕と違い、猫は用心深い。よく覚えておけ」

つまり役に立たないということか、とはさすがに口にしなかった。何度も爪で引っかかれたくない。

目の前の光景は続く。三人の騎士はアルトリウスに何度も翻意を迫った。だがアルトリウスは、頑なに否と答え続けた。ついに三人はしびれを切らして立ち上がる。

「ならば、我らも出奔いたす。我らこれよりアスヴァールの騎士にあらず」

「ならぬ」

パーシバルを先頭に謁見の間の出口へ向かおうとした三人が、足を止めた。さきほどまで玉座に腰を下ろしていたはずのアルトリウスが、いつの間にか出口の前に立ちふさがっていたからだ。

「もし大陸に向かうというなら、この身に一太刀、浴びせてみせよ」

「そのようなこと！　我らが陛下に刃を向けるなど、けっしてありえません！」

パーシバルが平伏する。真面目な彼らしいな、とティグルは思った。敵対した相手だというのに、今はなぜか、彼に親近感を抱いてしまっている。

かわりに進み出たのは、ボールスとガラハッドであった。ふたりとも腰の剣を抜き、構えてみせる。もっとも、その剣先はひどく震えていた。

「許す。全力で参れ」

アルトリウスは剣も抜かず、だらりと両腕を下げ、いっけん無防備に立っているだけだ。

最初に動いたのはガラハッドだった。

「御免っ！」

謁見の間の床を蹴り、一気に距離を詰める。

リムを突き飛ばしたときと同様、猪のような突進だ。最後の一歩を踏み込み、突進の勢いを乗せ残像が残るほど鋭い刺突を放つ。ティグルには、剣の先が五つに分裂しているように見えた。

——なんて突撃、なんて刺突だ。地竜(スロー)すら吹き飛ばせるんじゃないか。

ティグルにそう思わせるほどの、おそるべき攻撃であった。だがそれらは、アルトリウスの身にかすりもしない。すべてが、その身をすり抜ける。まるでアルトリウスの身体そのものが幻であるかのようだったが……。

　ガラハッドの剣は、そこから更に加速した。六つ目、七つ目の刺突がアルトリウスを襲う。だが、アルトリウスはやはり一歩も動かなかった。いずれの刺突もその身をすり抜ける。まるでそこにいる男は幻であるかのように、何の手ごたえもない。

　しかし直後、アルトリウスが無造作に伸ばした手が、ガラハッドの手首をつかんだ。やはり実体があったのだ。

　アルトリウスが手をひねる。ガラハッドの巨体が、吹き飛ばされた。謁見の間を構成する太い石柱のひとつに衝突し、柱が砕ける。ガラハッドはそのまま奥の壁に叩きつけられ、低く呻いた。

「しゃあねえっ」

　そのときには、すでにボールスもアルトリウスのすぐ近くまで来ている。袈裟懸(けさが)けの斬撃を放つも、これまたアルトリウスの身体をすり抜けてしまった。

　——どういうことなんだ?

　アルトリウスの方からは円卓の騎士に触れることができるらしい、ということだけはティグルにもわかった。だがその仕組みはさっぱりだ。

　左手でボールスの肩を軽く弾いてみせる。ボールスの身体が、床を転がった。ガラハッドとは反対の壁に激しく叩きつけられる。

「円卓の騎士たちが、まるで赤子のようだ」

ティグルは何度かまばたきをした。これは本当に、実際にあった光景なのだろうか。どういう理由があって、アルトリウスに騎士たちの攻撃が効かなかったのか。

「どうした、パーシバル。せめて三人で来なければ、この身に届く可能性すらないぞ。六人がかりで倒せなかった魔物を、どうしておまえたちだけで倒せるというのだ」

「陛下……」

「来い、パーシバル！　おまえたちの思い、この身で受け止めると申している！」

「ご無礼！」

パーシバルが、床を蹴った。

裂帛の気合のもと、鋭い斬撃を放つ。アルトリウスが目を細めた。ティグルには、笑ったように見えた。

ほぼ同時に、壁に叩きつけられていたガラハッドとボールスも体勢を立て直し、アルトリウスに突進する。始祖は三方から同時に攻撃を受けることとなった。

四人が激突する瞬間が、ティグルには見えなかった。アルトリウスと円卓の騎士たちの動きが早すぎて、彼らの身体が歪んでいるかのようだった。

結果だけは、すぐにわかった。

三人の騎士は倒れ伏し、アルトリウスは無傷のまま立っていた。

いや、その身にまとう白い衣にひと筋の切れ目がある。誰かのひと太刀が衣服を裂いたのだ。

しかしそれは、紙一重、アルトリウスの肉体まで届かなかった。

アルトリウスは己の服の破れを見つめ、「精進したな」と呟く。

「惜しかった。だが、約束は約束だ」

倒れた騎士たちを、ひとりひとり抱え起こした。

パーシバルも、ボールスも、ガラハッドも泣いていた。アルトリウスは彼らに声をかけ、肩を叩いて慰め、いまはこらえるのだと説いた。

「今はあまりにも時が悪い。大陸に神の化身が降臨する気配を観た。あれの介入を許すこと、けっしてまかりならぬのだ」

ティグルには、わからなかった。アルトリウスはいったい何を言っているのか。彼がこれほど危惧する事態とは何なのか。

「そういえば、ジスタートの建国も三百年前だったたな……」

ふと、そんなことを思い出す。

アスヴァールとジスタート、どちらの成立が先なのかは歴史学者の間でも議論が分かれるところらしい。

もしかすると、自分は今、とんでもない場面を見ているのではないだろうか。

もっとも、何故自分がこの光景を見ているのかすら、わからないのだけれど……。

「むっ、別の干渉だ」

ティグルの腕の中で子猫が呟く。景色が変化した。

†

どこかの地下室のようだった。石造りの壁で囲まれた狭い部屋に、四人の男がいる。アルトリウスと、さきほどの円卓の騎士三人だった。ただし、全員あれから少し年をとっているように見える。

彼らは、部屋にひとつきりの丸い卓を囲んでいた。澄んだ水の入った杯がひとつ、卓の上に載っている。

全員が目を閉じ、手を組んで祈りを捧げていた。祈りの対象はティグルにはよくわからなかったが、ケットに訊ねたところ「古の神々である」との返事である。現在のアスヴァールは始祖アルトリウスと円卓の騎士を信仰するのが一般的であるから、皮肉にも彼らが祈りを捧げていた存在は、彼らのせいで忘れ去られてしまったということなのだろう。

祈りが終わったあと、四人が顔をあげる。彼らの瞳には強い決意があった。

「この杯の中身を飲めば、もはや引き返せぬ」

アルトリウスが告げる。

「わしは決意した。だがおまえたちがついてくる必要はない」

「そりゃあないぜ、陛下。だいいち、これを探してきたのは俺たちなんだ」

ボールスが腰に手を当てて苦笑いする。

「我々の忠誠はいまも、次の生においても、変わりなく陛下のものです」

パーシバルが胸を張る。ガラハッドは無言でうなずいた。

アルトリウスは三人をもういちど見たあと、杯をあおった。

喉(のど)が鳴る。中身を飲み干したはずなのに、杯にはまだ、なみなみと水が残っていた。

アルトリウスは杯をガラハッドに渡す。ガラハッドは杯を飲み干し、しかしまだ中身が飲む前と同じだけ残っていることを確認したあと、パーシバルに渡した。

パーシバルも同様に中身を飲んで、ボールスに渡す。

「それにしても、精霊マーリンは俺たちに何をさせようっていうのかねえ。こいつを飲んでしまえば、誓約によって俺たちはマーリンの血に逆らえなくなる。もしかしたら……」

何かいいかけて、いや、とボールスは首を横に振った。杯の中身を飲む。

「精霊マーリンって、なんだ」

ティグルは呟いた。答えなど誰にも期待していなかった。だがケットが返事をする。

「我らが主、あのかたの弟君さ」

ティグルは思わず、左手の小指にはまった緑の指輪を見つめた。蘇ったアルトリウスとあの川で出会った精霊にそんな繋がりがあったとは。

「精霊マーリンがこの杯をアルトリウスたちに渡して、アルトリウスたちはその中身を飲んだことで三百年後の今、生き返った。その精霊マーリンは、善き精霊モルガンの弟。……どういうことなんだ？」

子猫は、今度は返事をしなかった。アルトリウスたちはまた祈りの言葉を呟き始める。ティグルは考え込んだ。

「ボールスの言葉が気になる。精霊マーリンは親切心でアルトリウスたちにあの杯を渡したわけじゃないみたいだ。誓約って、なんだ。マーリンの血に逆らえない、とは文字通りの意味なんだろうか。……そもそも、どうして俺はこんな光景を見ている？」

ふと、気づく。ことの始まりは、あのまつろわぬ神の神殿でガラハッドとの戦いが始まったことにあったはず。

彼はなぜ、あの場で……。

景色がかき消えた。

†

ティグルの身体は、まつろわぬ神の神殿に戻っていた。すぐそばにリムとギネヴィアの姿もある。少し離れたところで、ガラハッドが剣を下ろして立っていた。

「これは……今のはいったい、なんだったのですか、ガラハッド卿。アルトリウス、それに円卓の騎士、あの杯はいったい……」

リムが呆然と呟く。その言葉で、ティグルは彼女も同じ光景を見ていたのだと理解した。ギネヴィアの方を向けば、彼女もまたガラハッドをじっと見つめる。

やがて王女殿下は「あなたは」と唇を動かした。

「ガラハッド卿。あなたは、この光景を私たちに見せるため、決闘などとまわりくどい真似をしてこの場に私たちを招いたのですね」

それはティグルのたどり着いた考えと同じだった。はたして、ガラハッドは肯定も否定もせず、かといってもはや敵意もなく、ただこちらを見つめてくる。

「過去を」

その重い口がゆっくりと開く。

「おまえたちの過去を見せてもらった」

ティグルは驚き、同時に納得してしまった。

やはりガラハッドの目的は、ただティグルたちに過去を見せるだけではなかったのだ。この神殿の神は契約を司っていたという話である。あれは相互に作用する何かの儀式だったのだろう。

ティグルたちがガラハッドの過去を見ている間、ガラハッドはティグルたちの過去を見ていたということである。

ひょっとしたら、まだこの地が神殿として機能していたころ、神聖な契約のもと互いの過去を見ることで信頼を結ぶような儀式があったのかもしれない。

もっともティグルたち三人は、そんなことはまったく知らされず契約書にサインさせられていたようなものである。文句のひとつもいいたいところだ。

ギネヴィアとリムも同じことを思ったのだろう。少し不満げに口を開きかけた。その前に、ガラハッドが言葉を続ける。

「おまえたちは魔物と無関係だった。俺には、おまえたちと戦う理由がなくなった」

そう告げて、赤黒い剣を鞘に納めた。

「それで、よろしいのですか」

あっけにとられて、ギネヴィアが呟く。

無理もない。彼女は敬愛する円卓の騎士と戦う覚悟を決め、それでも決死の覚悟で説得をするべく様々な状況を想定し、問答を思案し、この場に立ったのだ。

それが、まさかこんな形で終わるとは。

ティグルとしても意外だった。過去の光景を振り返ると、ガラハッドが唯一、感情を出したのは盟友のランスロットがアルトリウスの妻の仇である魔物を追って大陸に向かったときであったのだろう。義に厚い人物、という印象である。その彼が、どこまでもついていくと決めたアルトリウスの意向に逆らうというのか。

――そうじゃ、ないのか。俺たちは最初から勘違いしていたのか。

ティグルはさきほど見た光景を思い返す。ガラハッドがアルトリウスについてきたのは、あの杯をあおって復活を遂げたのは、あくまで魔物を滅ぼすためである。それが主のためであると、ガラハッドはかたく信じていた。

そして、今。ティグルたちと戦うことは魔物を滅ぼすことに何ら寄与しないと、彼はそう判断した……?

だとすれば、別の疑問が出てくる。

「ひとつ聞かせてくれ。なぜパーシバルは俺たちと戦うことを選んだんだ」

そう、何故アルトリウスはティグルたちにパーシバルを差し向けたのか。パーシバルはその命令に素直に従ったのか。パーシバルとガラハッドは何が違ったというのか。

はたして、ガラハッドは空を見上げた。まるで、そこで誰かが見ているかのように。今は亡き友を見つめるかのように。

「望みだ。強き者との戦い」

ああ、とティグルは声を漏らした。

あまりにも納得できてしまう。それは確かに、あの礼儀正しくも雄々しい騎士にふさわしい動機に思えた。

猫の王から聞いた話が確かなら、三百年前に円卓の騎士が逃した魔物は、パーシバルが退治してしまったのである。

彼の目的は終わった。あとはすべて、余興にすぎなかった。そんな彼が望んだのは、強者との闘争であった。

パーシバルは自ら望んで、ティグルたちと戦い……そして、果てた。ボールスやガラハッドが、ティグルたちを恨みに思わないはずだ。彼らは友の意思を尊重しただけなのだから。

――円卓の騎士たちは一枚岩じゃないんだ。

ほとんど同じ目的で二度目の生を受けてはいても、細かい思惑は違う。パーシバルは、ただ一体、トルバランという魔物の討滅を目的としていた。それはティグルたちの知らないところで果たされた。故に、円卓の騎士たちの本質、蘇った目的というものに気づかなかった。

ガラハッドは、その口ぶりから考えて、魔物を手あたり次第に狩ろうとしているのか。ボールスも同様だろう。ひょっとしたら大陸に生息する魔物のすべてを滅ぼすまで、彼らの戦いは終わらないのかもしれない。

アルトリウスは、おそらく彼らとまた少し違う。

彼の目的は、ただ魔物を狩ること、ただ妻の復讐を果たすことだけではないように思える。アルトリウスは己の邪魔になる者を排除することもためらわない。その対象はギネヴィアの家族であり、そしてギネヴィア自身であった。今ではティグルもその排除の対象となっているに違いない。

ふと思う。弓の王、あの竜を操る不思議な人物はどんな思惑でアルトリウスに従っているのだろう。それと、かつて戦姫であったというアレクサンドラは……。

ティグルは首を振る。彼女たちのことはいいだろう。少なくとも、これでガラハッドと対立する理由は消えたということだ。

彼にはいろいろと聞きたいこと、話したいことがある。たとえば赤黒い武器のこと。たとえば円卓の騎士の逸話において彼が出会ったという魔弾の王と呼ばれた存在のこと。

「もうひとつ――」

ティグルをまっすぐに見て、ガラハッドがなにか告げようとしたときだった。

「そうか、おまえは裏切るというのだな、ガラハッド」

どこからともなく、男の太い声が響いた。

†

男の太い声が響き渡った、その次の瞬間、激しい閃光と共に耳を聾する轟音が響き渡り、かつて神殿を構成していた石柱のひとつが粉々に砕けた。石礫が飛散し、ティグルたちは慌てて頭をかばう。

気づけば、ガラハッドが数歩、場所を移動している。さきほどまで彼がいた地面が黒ずんでいた。焼け焦げた臭いが鼻腔を突く。まるで、森の中で嵐が起きすぐ近くで雷が落ちた時のようだ。

いったい何が起こったのか。考える前に、ティグルのもとへギネヴィアとリムが駆け寄ってきた。

――先ほどの声。森の中から攻撃してくる奴は、円卓の騎士じゃないはずだ。少なくともボールス卿じゃない。

ではこの雷光を放っているのはいったい誰なのか。

ふと、思い出す。先日の会戦で、天から落ちた雷が兵士を焼いた。アレクサンドラが逃げるとき、彼女を守るように丘の下からティグルに向けて雷を放った男がいた。あのときは、敵がふたり目の神器の使い手を配置していたのだと思ったが……。

「精霊マーリンの子、モードレッド」

そのガラハッドがそう告げる。まるでティグルたちの疑問に答えるかのようだった。

「紹介、ご苦労」

森の奥から歩み出てくる人影がある。浅黒い肌を革鎧で包んだ偉丈夫だった。黒髪だが、ところどころ緑の房がある。こめかみより下の髪は白くなっていた。やはり、あのときアレクサンドラを守った男だ。

——あれが、モードレッドか。

ガラハッドいわく、精霊の子。言葉通りの意味なのだろうか。ティグルは精霊のありようなど知らない。精霊マーリンという存在も初耳だ。

大柄な男はティグルたちの姿を見て眉をひそめ、右手を突き出した。

——来る。

「殿下、小杖を掲げてください！」

ティグルは反射的に叫ぶ。ギネヴィアがそれに従ったのと、また爆音が響いたのはほぼ同時だった。今回は雷光がはっきりと見える。モードレッドの手の先から放たれた雷はギネヴィアの小杖が展開した結界に防がれ、激しい爆発を起こした。一瞬、煙が視界を遮る。

煙が晴れたとき、モードレッドの姿は消えていた。森の中から、高笑いが聞こえてくる。

「卑怯者、出てきなさい！」

リムが叫ぶ。反応を期待してのものではなく、ただの挑発だろう。

「女！　俺を卑怯と言うか！」

「ええ、何度でも言いましょう！　出てきなさい、臆病者！」

森の奥から聞こえてくる声に対して、リムはさらに煽ってみせる。効果があれば儲けもの、くらいの感覚だろう。相手を苛立たせることができれば、御の字だ。

ティグルは、ちらりとガラハッドの方を見た。円卓の騎士は、ティグルたちから少し離れて森の中の様子を観察している。

彼もあの攻撃に襲われたはずだ。いや、そもそも最初に襲われたのは彼で、その理由も「裏切るというのだな」とあの男が叫んでいることからして……。

「八つ当たりか」

ガラハッドが呟いた。

「うるさい！」

森から発した眩い輝きが、ガラハッドを襲った。円卓の騎士は、ティグルの目では追いきれないその光の刃を赤黒い剣で切り裂く。

光が真っぷたつに裂け、空気の焼ける臭いが漂う。

「雷を剣で弾いたのですか！」

リムが感嘆の声をあげる。だがガラハッドも無傷とはいかなかったようだ。雷を受けて金属の手甲が黒ずみ、煙をあげている。彼自身は眉ひとつ動かしていないが、おそらく手甲の下の手は焼け焦げ、ひどい有様に違いない。

「無様よな。おまえは俺に、俺に流れる血に歯向かえぬ。だが俺は慈悲深いゆえ、抵抗するなとは命じぬぞ。存分にあがくがいい。あがいた末に、死ね」

血。ティグルは森から聞こえてくる声が意味することを理解した。過去においてボールスが語った通り、あの杯を飲み干した者はマーリンの血に逆らえないのだ。それが蘇りの代償なのだろう。

――精霊マーリン、か。

ふと思い出すのは、かつてリネットから聞いた、竜の力を五つの武器に分けた悪しき精霊(アンシーリーコート)の話だ。あのとき彼女は悪しき精霊の名を語らなかった。知らなかったのかもしれない。

――その子、モードレッド。

天から降り注ぐ雷は、光を見たあと少し経ってから音が届く。雷が近ければ近いほど光と音が届く間隔は短くなり、遠くの雷ほど光から音までの間隔は長くなる。つまり、雷は音よりもはるかに速く駆けるということだ。

その雷を自在に操るとはなんとも恐ろしいことだが、精霊の血を引く者ならば、神器に匹敵するような特別な力を持っていてもおかしくないのかもしれない。

そしてガラハッドは、そのおそるべき雷を切り払っている。もはや、とうてい人の為(な)せる業(わざ)ではない。

「いつまで耐えられるかな！」

嘲笑(ちょうしょう)と共に、さらなる雷がガラハッドを襲う。ガラハッドの剣が稲妻に勝る速さで振るわれ、光の筋が両断された。円卓の騎士は呻き声をあげ、赤黒い剣をとり落とした。

「見えました」

リムの呟きをティグルは聞いた。

「ガラハッド卿は雷を斬っているわけではありません。斬撃の結界のようなものをつくり、それを飛ばして雷の力を減殺（げんさい）しているのですね。あの神器は、そのような力を……」

彼女が何をつかんだのか、ティグルは詳しく聞きたかった。だがその前に、森の中からさらなるモードレッドの声が響く。

「俺の雷を斬り裂いたのは見事。だが代償は大きかったな！　もはやその腕は使い物になるまい。剣士の名折れ。潔く果てよ！」

ティグルはその言葉を最後まで聞く前に矢を放った。いつの間にか、左手の小指の指輪が淡く輝いている。放たれた矢は唸（うな）りをあげ、風を巻き上げて森に吸い込まれると、一拍置いて爆発を起こした。森の奥で土壌が巻き上げられ、土煙が視界を覆い尽くす。

「ティグルヴルムド卿！」

「申し訳ありません、殿下。指示を仰ぐべきでした。まだ明確に敵と決まったわけでもないのに……」

「いいえ、よくやってくれました。私も同じ気持ちです」

と、リムがガラハッドに向かって駆け出した。

「リム！」

「ガラハッド卿は私に任せてください！　できる気がするのです！」

何ができるというのか、ティグルにはさっぱりわからなかった。しかしリムの声は力強く、彼女に任せよう、信じようとティグルに覚悟させるだけのものがある。

それよりも……とティグルは森の奥を睨んだ。森に矢を放った今、自分たちもモードレッドという男に狙われることだろう。

「俺の邪魔をするな、弓！　ならば貴様らもまとめて、今すぐ死ね！」

またも森から稲妻が走る。ティグルの前にギネヴィアが立ち、小杖を掲げた。ほぼ同時に、ガラハッドのもとへたどり着いたリムが赤い小剣を振るう。

赤い剣が、それを掲げることで小規模ながらギネヴィアの持つ小杖のような結界を発生させることができることをティグルは知っていた。今、リムはそれ以外の使い方をしようとしている。

はたして、リムは青白い結界を矢のように飛ばし、ガラハッドに向かった稲妻を砕いてみせた。ほぼ同時に、ティグルたちへ向かった稲妻はギネヴィアの小杖が弾いている。

「リム、今のは」

「ガラハッド卿の剣技を見ているうちに、大切なものをつかんだ気がしたのです」

振り返ったリムがそう告げた。

「自分でもわかりません。ですが、不意に、この剣の使い方が見えたのです」

リムはガラハッドに向き直る。

「ご教授、ありがとうございます」

ガラハッドはゆっくりと首を横に振った。自分は何もしていない、という意味なのだろう。もとより敵と味方の関係だ。

だが、リムはそう思わなかったのだ。彼女はティグルよりよく、ガラハッドを観察していたようだ。結果、双剣の新たな使い方を学んだ。

「ええい、忌々(いまいま)しいものどもめ！」

土煙を割って、森から飛び出してくる七体の影がある。全身に紫電をまとった狼たちだった。ティグルはたて続けに三本の矢を放ち、狼の頭を次々と射貫く。致命傷を負った狼は、ぱっと紫の光を放って弾け散った。尋常な生き物ではないことは明らかだった。

残る四匹の狼が矢のような速さでガラハッドに迫ってくる。リムがその前に立ちふさがり、双剣を振るった。狼の首が、ふたつ同時に宙を舞う。絶命した狼たちの身体が空中で溶けるように消えていく。

残る二体の狼が、リムの脇を抜けていく。狼たちは口をおおきく開けて、雷を放った。

「させません」

リムは振り返り、赤い剣の結界をガラハッドに飛ばす。狼たちの放った雷は結界にぶつかり、四散した。

狼たちは、ぎょっとして地面を蹴り、左右に分かれた。その隙に、ティグルが二本の矢を放つ。狼たちが着地したのとほぼ同時に、その首もとに矢が突き刺さっていた。最後の二体も宙に溶け消える。

「生意気な女め！　たっぷりと犯してから首を刎(は)ねてやる！」

さらに数体、森から狼たちが飛び出てきた。リムに飛びかかった狼たちは、ことごとくが双剣の餌食となる。ガラハッドの方に向かった狼は、やはりリムが放った赤い剣の結界によって阻まれ、その隙にティグルによって射貫かれて消滅する。

「何度やっても同じです。臆病者、小胆(しょうたん)の極みですね、隠れていなければ女に悪態もつけないのですか」

「なるほど、貴様。よくも俺に意見してくれたな。楽には殺さん。手足をもぎ取り豚小屋に放り込んでやろう。貴様など畜生(ちくしょう)に喰われるのがお似合いだ」

リムの挑発に乗って、モードレッドがふたたび森から姿を現した。リムに右手の掌(てのひら)を向ける。

ティグルは直感で判断し、次の矢を射る。モードレッドの右手が閃光を放つと同時に、何かが弾けるような轟音が響いた。

男の右手から放たれた雷の筋が複雑に折れ曲がり、枝分かれしながらティグルとガラハッドを襲う様子を、ティグルは確かに見た。

もっともそれは幻だったのかもしれない。ほぼ同時にティグルの矢が爆発を起こし、視界が眩い光に包まれたからだ。その寸前、リムとギネヴィアが結界を展開するのが見えた。

ティグルは結果を見ず、二の矢を放っている。

矢はモードレッドの放った雷に吸い込まれ、更なる爆発音が響いた。矢を射た瞬間から横に飛び退いている。

爆発の煙が消える。数瞬前までティグルがいた空間を雷撃が通り過ぎた。

チュニックが無残にあちこち破れ、肌の露出した浅黒い肌の男が憤怒の形相で現れた。ティグルを睨んで来る。

「やはり、弓は不快だ。いらいらする」

「それはどういう意味なんだ？」

「ならば知らぬまま死ね！」

少しでも時間を稼ぐため、また情報を聞き出すための言葉だったが、どうやら無意味だったようだ。モードレッドの右手が輝く。

ティグルも矢を放っていた。ただし、今度は同時に二本だ。片方には黒弓の力をこめ、もう片方は普通に放った。できるかどうかはわからなかったが、ぶっつけ本番でやってみたら、なんとかなった。

一本目が雷撃と接触して爆発し、ほんの少し軌道をずらした二本目がモードレッドの胸もとへ吸い込まれた。

　モードレッドは、己の胸に突き立った矢を信じられないものを見るような目で眺める。

「馬鹿な、俺は精霊マーリンの子だぞ」

「誰だっていつかは大地に還る」

　いつの間にかティグルの足もとにいたケットが、そう呟いた。

「生きとし生ける者の自覚なき、星の愛を踏み外した天と地のあいのこよ。せめて母と同じ大地に抱かれて滅びるがいい」

†

「ふざけるな！　俺は、このようなところで……！　許さん、けっして許さんぞ！」

　モードレッドが叫んだ。その髪が逆立つ。

「下僕、気を抜くな」

「どういうことだ」

　ケットの返事の前に、モードレッドの全身が赤黒く輝き……。

　彼のまわりで木の葉が舞う。耳鳴りがティグルを襲った。次の瞬間、モードレッドの身体が炎に包まれ、暴風が吹き荒れる。ティグルの身体が高く吹き飛ばされた。

　上空から仲間たちの様子を見れば、ギネヴィアの小杖が広く結界を展開し、ガラハッドとリムを守っていた。少し安堵し、さて自分はどうするかと考える。

「下僕よ、おい、下僕よ」

このときになってようやく、子猫がティグルの服の裾にしがみついていることに気づいた。慌てた様子でじたばたしている。その緑の瞳がティグルの目線と交わり、さかんに鳴き声をあげた。

「何とかせよ。このまま落ちれば無事ではすむまい」

「わかっている」

放物線の頂点に達した。高さは森の木々よりも上。確かにここから落下して、生きていられたら奇跡だろう。

ティグルは矢筒から矢を一本、取り出し、身をひねると黒弓を下に向かって構えた。頂点から少し落下したタイミングで、黒弓の力をこめて矢を放つ。幸いにも、気まぐれな緑の髪の指輪が今回は力を貸してくれた。矢は地面に突き刺さり、爆発を起こす。

爆風で巻き上げられた土砂が落下するティグルの身体を襲う。小石が猫の身体に突き刺さり、ケットは哀れな悲鳴をあげた。同時に、爆風が落下の勢いを減殺する。

だが、これではまだ勢いが強い。落下を相殺する力が足りない。もう一発、矢を放つ暇もなかった。ティグルは激しい衝撃を覚悟した。多少は勢いを殺せたから死にはしないだろうが、脚の骨が折れるくらいは覚悟するべきだろう。

「借りを返す」

　そのとき、下からガラハッドの声が届いた。

　地面から吹いた強い風が、ティグルの身体をふわりと押し上げる。ガラハッドの剣圧だ、とすぐに気づいた。足から着地する。衝撃で少し痺れたが、それだけだった。

「助かった、ガラハッド卿」

「俺もおまえたちに助けられた」

　握手をかわす。たくましく力強い、大きな手だった。

　顔をあげると、モードレッドの立っていたあたりですさまじい竜巻が発生していた。竜巻の周囲で紫の稲光が無数に輝いている。

「あれは、いったい」

「あやつの精霊としての力が暴走しているのだ」

　地面に下りたケットが、尻もちをついて前脚で顔を拭きながら言う。

「あれは精霊と下僕の子。下僕としての身をおまえが砕いたことで、殻に押しこめられていたものがあふれ出したもの。災厄に成り果てた、ただの残骸である」

「きちんと殺してやらないといけない、ってことか」

「痴れ者！　下僕の身で天に逆らうがごとき傲慢である、逃げるが最上と心得よ。放っておけば数日で消えよう。山がひとつかふたつ消える程度で済むだろう」

ティグルは首を横に振った。

「駄目だ。ここに来る途中でいくつか集落を通った。隣の山には、まだ何十人も住んでいるんだ」

ティグルは、次第に肥大化する竜巻に向かって黒弓を構えた。ギネヴィアたちが駆け寄ってくる。ガラハッドが、目線でどうするのかと訊ねてきた。

「あれを、止める。あなたはなるべく距離をとってくれ。夢で見たよ。誓約とか、そういうのがあるんだろう。もう充分、助かった」

「まだだ」

ガラハッドはティグルの肩に手を置いた。彼のもとから、何かが流れこんでくる。赤黒い剣の力を黒弓に渡してくれているのだと気づいた。これなら誓約の外なのだろう。

「殿下、私たちも」

リムとギネヴィアがうなずきあい、ティグルの背後にまわった。背中にふたつの手が触れる感触を覚える。更なる力が流れこんできた。

ティグルは黒弓を限界まで引き絞り、矢を放った。轟音と共に解き放たれた矢は、光の束となって竜巻に吸い込まれる。

予期された爆発は起こらなかった。かわりに竜巻が肥大化し、雷が神殿跡の周囲の木々を襲った。雷撃を浴びた木々が真っ黒に焼け、炎を出して半ばから倒れる。

　ティグルたちに向かった雷撃は、ギネヴィアがとっさに張った小杖の結界によって弾かれた。だが、そのギネヴィアは呻き声をあげて膝(ひざ)を折る。

「殿下！」

　リムがギネヴィアを助け起こした。

「問題ありません、少し手が痺れただけです。私の神器でも全てを防ぐことはできないとは……。それにしても、今の攻撃が効かないのですね」

「あれは原初の力に近いものだ。いわば天災である」

　足もとのケットが告げる。子猫の方を向いたのはティグルとガラハッドだけだった。

「ティグル、少し距離をとるべきです」

　リムの言葉に、ティグルはうなずいた。

　ケットがティグルの身体を駆け上がり、肩に前脚の爪をひっかける。一行は時々後ろを振り返りながら、巨大化していく竜巻から離れた。

†

　少し離れたところから、徐々に大きくなっていく竜巻を観察する。時折、ほとばしる雷が周囲の木々を焼いた。火災が発生し、黒煙が立ち上る。

ほどなくして山の空を黒雲が覆い、雨が降り始めた。叩きつけるような豪雨で山火事の延焼は免れたものの、竜巻は勢いが衰えるどころかますます巨大化していっている。

その間に、一行はガラハッドの手当てをした。円卓の騎士は右手の手甲を外し、おとなしくティグルに包帯を巻かれる。

「弓の力を俺が支えても、歯が立たぬとは」

ガラハッドはぽつりと呟いた。まるでティグルの黒弓を知っているかのような発言である。

「あなたは三百年前、この弓を持つ者と会ったことがあるのですね。だからこそ、あのとき黒弓に力を流しこむ術(すべ)を知っていた」

ここぞとばかりに、ティグルは黒弓について訊ねてみた。円卓の騎士の物語に出てくる魔弾の王と呼ばれる人物について、せっかく当人が目の前にいるのだ、聞いてみたかった。

「よい友人であった。よい男であった。彼について詳しいことは知らないが、大陸から来て、気ままに旅をしているとは話していた。いずれ力に飲み込まれてしまうとしても、今はこの自由を謳歌(おうか)したいと願っていた」

どうやら黒弓の持ち主の話になると、ガラハッドの口はなめらかになるようだった。昔を懐かしむように、饒舌に語る。

「力に飲み込まれてしまう、とは?」

ガラハッドは首を横に振る。そのあたりについて突っ込んで聞いてはいないということだろうか。ギネヴィアたちから聞いた伝承によれば、彼と黒弓の使い手が共に行動していたのは、せいぜいひと月かそこいらであったようだ。

「弓の王を名乗る人物とは別人なのか」

「違う人物だ」

もっとも確認したかったこの一点については、強い肯定が返ってきた。

「俺もあの方について詳しいことは知らぬ。ただ、陛下はあの方にたいそう敬意を抱いているご様子だ」

「始祖アルトリウスが敬意を……」

これはたいへんな情報といえた。ひょっとしたら、ティグルたちにとって最大の敵はアルトリウスではなく弓の王かもしれない、とすら思えてくる。

とはいえ、まずは今の危機を乗り越えることだ。

「あいつを倒すことに、手を貸してもらえるだろうか」

いちおう訊ねてみたが、ガラハッドは首を横に振った。やはり誓約が関係するのだろう。わかっていたことだった。駄目でもともとだったのだ。

「充分だ。気持ちだけ受け取っておく」

ガラハッドはちいさくうなずいた。

「俺はおまえたちを利用した。謝罪する」

「利用……？」

彼は押し黙った。これ以上は話せないということか。

――謝罪。口に出せないこと。つまり――誓約、か。

誓約の対象が精霊マーリンであることは先ほどのやりとりで理解した。では、口に出せないこととは……。

ティグルは、はっと気づく。

「あなたは、俺たちを利用してモードレッドを排除しようとしたのか」

ガラハッドは沈黙したまま首を縦にも横にも振らなかった。だがその沈黙こそが、何よりもティグルの推測を裏づけていた。

誓約により直接的な行動に出られない彼が、それでも成し遂げたいことがあった。何としても、あれを排除しなければいけないと命を懸けた。相手側の詳しい事情はわからないが、ここまで話してくれる彼のことだ、よほどの事情があったのだろう。

「いいさ。敵として、俺はあなたを信用できると考えている」

ガラハッドはいかつい顔を崩して、口の端を吊り上げた。不器用に笑っているのだ。

「この男と、ふたりきりで話をしたい」

彼はギネヴィアを見て、そう言った。ちらりと子猫に視線を移す。

ティグルにはそれで真意がわかった。

「すまないが、しばらくふたりきりにして欲しい」

「ティグルヴルムド卿がそうおっしゃるなら……。ですが、お気をつけください」

　ギネヴィアとリムに離れてもらう。

　彼女たちの姿が見えなくなったところで、ガラハッドはケットの前で膝を折り、頭を下げた。

「円卓の騎士ガラハッド、お初にお目にかかる。我々の不始末でご迷惑をおかけいたす。お許しを」

「よい、許す。あれは生まれが生まれ、もはや下僕のみの問題ではなく、我らの不始末でもあろう」

「ありがたきお言葉」

　子猫は、緑の瞳でガラハッドを見つめ、ちょいちょい、と前脚を動かした。

　前脚の爪が陽光を浴びて輝き、爪の動きに従って虹色の軌跡が残った。見れば周囲に淡い光の粒のようなものが浮遊している。

　光の粒はガラハッドを包み、まるで祝福するように踊るように舞い続けた。幻想的な光景に、ティグルは眩暈(めまい)を覚える。ここが現実なのか、あるいは夢を見ているのか、わからなくなってくる。

「我が主がおっしゃっておられる。おまえはここから去り、為すべきことを為せ」

「しかし」

「我が主は友を呼ぶ、とおっしゃった。おまえのかつての盟友が親たる、あのお方だ。主義主張を超えて手を携える必要がある。その際におまえがいると、いささか話がこじれるというわけだ」

「承知いたしました」

ガラハッドは、いっそう深く頭を下げた。ティグルにはさっぱりだったが、これから先、何が起こるのか理解したようだ。光の粒が宙に消えていく。

「行け」

「はっ」

ガラハッドは立ち上がり、ティグルにひとつうなずいたあと背を向けた。円卓の騎士はそれきり振り返らず、山を下りていく。

ティグルは黙ってそれを見送った。彼にはもう、ティグルたちと戦うつもりはないかもしれないが、ギネヴィア派とアルトリウス派の戦いは続く。いつかふたたび、敵として相まみえるときが来るかもしれない。そのときは、今度こそ刃を交えることになるだろう。

「ケット、君の主は、今回のことをもう知っているんだな」

「無論である。忘れたか、下僕。下僕がどうやってこの島に来たか、すでに我が主より聞いていよう」

そういえば、そうだった。ティグルとリムは飛竜に掴まって、あるいは捕まえられてこの島にたどり着いたが、それは途中からこの子猫のいう我が主、つまり精霊モルガンの導きによるものであったという。

　他ならぬモルガン自身が語った話だ。モルガンは、船で十日以上の距離にいたティグルたちを知覚してみせた。精霊の力とはそれほどのものなのだろう。もちろん、すべての精霊がそれほどの力を持つとは思えないが……。

「その友人って」

「おまえはすでにそれが誰か知っている。下僕たちには湖の精霊とも呼ばれるお方だ」

　ああ、とティグルはうなずいた。リムに二本の剣を渡した、幻の湖に棲む存在のことを、確かにモルガンは友人と呼んでいたように思う。

「精霊の方々が俺たちに手を貸してくれるのか」

「下僕は思い違いをしている。あれはもはや天災、下僕が為すべきことではなく、我らが正すべき過ちである。ヒトの世に蔓延(はびこ)ってよいものではない。本来であれば我らだけで片づけるべきところである。下僕、それでも我らに手を貸してくれるか」

　なんともまわりくどい話であった。ティグルは思わず苦笑いしてしまう。

「わかった、手伝うよ。それで、何をすればいい」

「主たちが申しておる。できる限り精霊の力を抑えるゆえ、ヒトはヒトが為すべきことを為して欲しいと」

つまり、いつも通りに戦えということか。そこまでのお膳立てはすると。

竜巻はすでに山の一角を飲み込み、頂上を食い荒らしつつある。その勢いはいっこうに衰える様子がなかった。放っておけば、どこまでも膨張し続けるというのだろうか。まさしく天災、という言葉がふさわしい状況に思える。

この現象が、モードレッドと呼ばれたひとりの男の成れの果てだと、いったい誰が信じるだろう。

――赤黒い武器の力に飲みこまれたパーシバルも、放っておけばああなったのか？　そのことをガラハッドに伝えるべきだっただろうか。

ふと、いまさらのようにそんなことを思った。次に会うときがあれば、考えよう。

ケットとの打ち合わせを終えたあと、ティグルはギネヴィアとリムのもとへ向かった。


ふたりは木陰で、律儀にこちら側から背を向けて待っていてくれたようだ。ガラハッドがすでに去ったと聞いて、ギネヴィアは残念そうな顔をした。

「彼に聞きたいことは、たくさんあったのです。どのような逸話が本当で、どれが後世の創作か、とても興味がありました」

決闘のために来たというのに、何とも呑気なことだとティグルは笑った。だが、それくらいの気持ちの方が最後にはしぶとく戦えるのかもしれない。

笑われたギネヴィアは特に気にした様子もない。

「アスヴァール各地に残る円卓の騎士の物語でも、ガラハッド卿には特に人知を超えた存在との逸話が多いのです。精霊に気に入られる物語、猫の王に認められる物語など、子供心にわくわくしたものです」

それらのうちいくつかは、おそらく本当にあったことなのだろうな、とティグルはさきほどのケットとのやりとりを思い出した。

――そろそろ、ケットという存在についてリムやギネヴィアに説明するべきかもしれないが……そのあたりもケットと相談か。

あとでゆっくり考えよう。今、必要なのは、自分たちに精霊の助力があるということだ。

いや、ケットに言わせれば、ティグルたちヒトが精霊たちに手を貸すわけだが……。ともかく、ヒトとヒトならざるものは手を取り合い、あの脅威に立ち向かうこととなった。

「ガラハッド卿と考えた作戦がある」

ティグルは告げた。

†

ガラハッドは、ただ去ったのではなく、この地に棲まうヒトではない存在と渡りをつけに行ったのだ、とティグルは語った。精霊に助力を仰ぐのだと。

モードレッドは精霊とヒトのあいのこ。その暴走は精霊がヒトの事象に介入するに充分な異常事態である、というのがガラハッドの認識で、その介入なしでは勝利はおぼつかないだろう、ということ……。

わざわざカバーストーリーを用意したのは、ケットが、正直に自分のことを話すよりそういう嘘でふたりを納得させた方がいいのではないか、と提案したためである。

「下僕たちは、己の信じたいものだけを信じるのだ」

猫の王は賢者のように告げた。

ティグルの嘘を見抜いたのか、あるいはカバーストーリーではとうてい信じられなかったのか、リムはひどく睨んできたが、しかし彼女は小言をぐっと飲みこむように口もとを引き結ぶ。

そっと顔を近づけてきた。

「わかりました、そういうことにしておきましょう」

と耳もとで囁く。ティグルの首筋を、冷や汗が伝い落ちた。

「それで、ティグルヴルムド卿。私たちは何をすればいいのですか」

ギネヴィアは小杖を握りしめて訊ねる。

「さっきみたいに、黒弓を射るときに力を貸してください。リムも頼む」

「ですが、ティグル。さきほどは私たちに加えてガラハッド卿の助力もあっても、効果がありませんでした」

リムが懸念を表す。ティグルは「その通りだ」と同意した。

「このままではあの竜巻がすべてを飲み込む。山も、森も、人も、この島すべてを。だから竜巻と山を切り離す」

「切り離す……？」

怪訝(けげん)な顔をするリムとギネヴィアに、詳細を説明する。

しばしののち、ティグルたちは見晴らしのいい小高い丘にやってきた。ここでも、動物や蟲(むし)の気配がいっさい存在しない。

見上げると、周囲を禿山(はげやま)にしてなお暴れ狂う巨大な竜巻の全貌がよく見える。モードレッドだったモノは山の頂を丸呑みし、なお拡大していた。竜巻の根本では無数の稲光が走り、雷が駆け抜けるや否や、まだ無事だった木々が燃えていく。立ち込める煙が山の頭上に広がる黒い雷雲に吸い込まれ、激しい雨が降る。

加えて、竜巻は近くのものを吸い込み続けているようだった。

膨大な量の草木が、次々と巨大な風に飲まれていく。あらかじめケットが避難させていなければ、動物や蟲たちもこれに巻き込まれていたことだろう。それはまるで、山に巻きついた巨大な蛇のようだった。

この世の終わりのような光景だ。見ているだけで息苦しくなる。

「あのような禍々しいものが、さきほどまではヒトの姿であったなど、この目で見ていなければとうてい信じられません」

ギネヴィアが呟く。

「円卓の騎士の物語でも、ここまで恐ろしいものを相手にしたものは寡聞にして聞いたことがありません。これでは、まるで神々の……」

何かいいかけて、黙る。まるで口にするとそれが本物になってしまうとでも考えたかのようだった。

ギネヴィアは慌てた様子で始祖アルトリウスと円卓の騎士に祈りを捧げる。その円卓の騎士はモードレッドと戦うことができず一方的にいたぶられていたわけで、はたからみれば滑稽かもしれないが、それほどまでに余裕がないということだ。

無理もない。ティグルだって、竜が相手であればまだ闘志が湧く。だがあれは、もはや生き物とすら思えない。実際に、黒弓の力すら通じなかったではないか。

——それでも、逃げ出すわけにはいかないんだ。

猫の王ケットは、あの竜巻が自然に収束する類いのものではないと看破した。山ひとつを飲み込んだあと、ふたつ目を飲み込み、平野部にまで拡大し、そのあとどこまで拡大するかわからないものであると。

失われる集落はひとつやふたつでは済まなくなる。どれほどの被害が出るかわかったものではない。下手をすると、この島全体が危機に陥る可能性すらある、とケットは言った。

いくらかは脅しかもしれないが、少しでもその可能性があるなら、そして精霊たちの協力によって対処可能であるなら、今この段階で潰しておく必要があるだろう。

そのためには、あれが際限なく肥大化していく要素を絶つ必要がある。

ケットの要請は無茶苦茶に思えて、今のティグルたちならかろうじて可能と思われるものだった。

「やります」

ティグルはふたりに合図し、黒弓に矢をつがえる。ギネヴィアとリムが肩に手を乗せ、神器の力を送り込んでくるのがわかった。黒弓がふたりの神器の力を取り込み、矢が白い輝きを放つ。

ブリューヌの神々に祈った。遠いこの地で助けがあるかどうかはわからないが、祈りの言葉そのものが己に力を与えてくれるような気がした。

左手の小指にはまった緑の髪の指輪が輝く。黒弓に力が流れこむ。弓弦を限界まで引き絞る。弦のきしむ音が響く。

「今だ、下僕！」

ケットの声と共に放たれた矢は風を裂き渦を巻き、太い光の軌跡を伴ってまっすぐに飛翔した。矢は竜巻の少し下の地面、赤茶けた土が露出したところに吸い込まれる。

ひと呼吸置いて、目もくらむような爆発が起こった。

ティグルたちは丘から遮蔽物になる大岩の陰へ身を投じる。ほんの少し遅れて、轟音と共に爆風が丘の上を薙ぎ払った。地面の雑草が根こそぎ吹き飛ばされていく。あの場に残っていれば、ティグルたちの身もどうなったかわからなかった。

轟々と大気が鳴動する。地面が揺れているような錯覚を覚えた。

ほどなくして、爆風とそれに伴う土煙が晴れる。ティグルたちは、おそるおそる大岩の陰から顔を出した。

山の一角が削り取られ、頂上付近が崩れ落ちようとしているところだった。こちらから崩せば集落に被害はない、とケットの言葉を信じての一射であったが、それに伴う山崩れはどこまで被害が拡大するかわかったものではない。

それでも、今、こうすることに意味があった。

巨大な竜巻の、その足もとを崩すことに意味があった。あれとて大地によって支えられているモノである。故に、あれを直接破壊するのではなく、直下の大地を破壊する。それなら、ティグルの黒弓でも可能なのだった。

「山が、壊れます」

リムが呆然として呟く。

彼女の言葉通り、山の片側が崩壊していく。そこに巻きついた竜巻ごと、地すべりを起こして流水のように流れていく。

天災とも呼ぶべきモードドレッドの成れの果ても、さすがに足場を崩されては形を維持できなかった。その身が歪み、風が弱まる。暗雲が形を崩し、隠れていた太陽が顔を出す。

その瞬間に、精霊たちが介入した。

頭上から、歌が降ってきた。

ヒトの声では出せない、高い高い音だ。歌声は二種類。歌は調和を奏で、大気を打ち震わせる。太陽から、光の筋が差した。光の筋はふたつに分かれ、二重の螺旋を描いて竜巻を包みこんでいく。

幻想的な光景が展開されていた。

竜巻が、反発するように揺れ動いた。

低い唸り声のようなものが響き渡る。歌声がいっそう強くなった。ふたつの高い声が、竜巻から発生する唸り声を抑えこんでいく。

だんだんと竜巻が弱くなっていく。紫電が消滅していく。

同時に、山の上部の崩壊はもはや押しとどめようもなくなっていた。土砂が崩れ落ち、竜巻の本体が歪み続ける。光の筋が七色に輝き、竜巻だったものをティグルたちの目から完全に遮った。光はさらに強くなり、山の上部を覆いつくす。

「草木が……」

ギネヴィアが呟く。

気づけば、ティグルたちのいる丘も、根こそぎ剥がれていた雑草がふたたび生え始めていた。新芽が顔を出し、みるみる大きくなっていく。

赤や白の花が咲いた。本来は春に咲く花だ。

見れば、周囲の木々も青々と新しい葉をつけていた。蔓が延び、繁茂する。咲き誇った花がふくらみ、たわわな果実となる。

「これが、これが、精霊の力なのですか。これは現実なのですか。これではまるで、伝承にある妖精郷ではありませんか」

ギネヴィアが震える声で呟いた。無理もない。ティグルも圧倒されていた。ここまでのものだとは想像していなかった。モードレッドの暴走も天変地異なら、それを抑えこもうとする精霊たちの力も天変地異そのものだった。

確かに、彼女たちはヒトとは隔絶した存在なのだ。そのことを、否応(いやおう)なく理解させられてしまう。

——マーリンという存在も、これと同様の力があるのだろうか。

モードレッドの親でありアルトリウスたちの復活に手を貸したという精霊のことを考える。

この先、ティグルたちの敵となるかもしれない存在だ。

それらは、本来ならば、ティグルたちヒトが関わることすらできないような、理の外にあるモノなのだ。いまさらのように、そのことを悟る。

歌声が止む。光が散る。

竜巻は消滅していた。

竜巻の中心だった場所に、ヒトの身体に戻ったモードレッドが立っている。衣服はぼろぼろに破けているが、その双眸(そうぼう)は憎しみに燃えて、五百アルシン（約五百メートル）以上離れたところにいるティグルをまっすぐ睨んでいた。

「おのれ、弓の王！」

モードレッドが吠える。彼の足もとの地面が崩れた。足場が崩落する中、モードレッドの全身が紫色の光に包まれる。

褐色の男が宙を舞った。まっすぐ、ティグルのもとへ突っ込んでくる。その手から紫電があふれ出す。

「殺す！　貴様だけは、殺す！」

「させません！」

ギネヴィアがティグルの前に出て、前方に小杖の結界を展開する。モードレッドの放った電撃を、結界で受け止める。

堅牢な結界に綻(ほころ)びが生じたのか、ギネヴィアは悲鳴をあげて小杖をとり落とし、片膝をついた。

「殿下!」

リムがギネヴィアに駆け寄る。

ティグルは黒弓に矢をつがえた。左手の小指の指輪がふたたび輝きを放つ。黒弓に力が集まっていく。モードレッドとの距離が三百アルシン(約三百メートル)まで縮まったところで矢を放った。

ひと筋の矢が、まっすぐにモードレッドの左腕に突き刺さり、爆発を起こす。精霊の子は黒弓の一撃を受けても止まらなかった。爆風を突き抜け、まっすぐティグルたちに迫ってくる。矢を受けた左腕が消し飛び肩が炭化していたものの、気にする様子もない。

「殺す!」

モードレッドの全身から、無数の雷撃が迸る。リムが進み出て、赤い剣を素早く三度、振るった。三重に積層した結界が雷撃を弾く。結界はさらに、突撃してきたモードレッドの身体すら受け止めた。

「この程度で俺を邪魔できるか!」

モードレッドの全身が、一瞬、眩い光を放った。結界が吹き飛ぶ。その代償として、モードレッド髪の緑色の部分が白く変色していく。ティグルは、モルガンと名乗った善き精霊が緑の髪をしていたことを思い出す。リムから聞いたところでは、湖の精霊も、同じく緑の髪をしていたという。

——モードレッドから精霊の子としてのちからが失われつつあるのか。

ティグルは追撃の一撃を見舞おうとして、弓に矢をつがえ弓弦を引き絞り、そこで手を止めた。

リムがモードレッドの前に立ちはだかり、二本の剣を構えたからだ。その背中が、自分に任せろといっていた。

彼女はすでに一連の戦いで何かを掴み、赤い剣の新しいちからを引き出してみせた。だがきっと、湖の精霊から授かった剣の力はそれだけではない。

「女がぁっ！」

モードレッドの右手に、白く輝く剣が生まれた。刃が紫電をまとっている。モードレッドはリムめがけ、十数歩離れた空中から斬撃を放った。白い刃が長く長く伸び、リムを襲う。

リムはいささかも動じず、左手の赤い剣を振るった。刃から生まれた赤い光がモードレッドの白い光と衝突し、互いに弾ける。直後、リムは右手の青い剣を突き出した。刺突の先端から生まれた青い光がモードレッドの胸に刺さり、背中から突き出る。鮮血が舞う。モードレッドは激しく吐血し、その身をよろけさせる。

「ティグル！」

リムの声に従い、ティグルは矢を放つ。矢は無防備なモードドレッドの脳天を貫き、爆発を起こした。褐色の男が、閃光と共に宙で弾ける。

光が消えたとき、そこには何ひとつ残っていなかった。

エピローグ

ここではないどこか、遠くて近いところにある狭い空間で、彼はそれを眺めていた。

己の息子が、滅び去る様子を。

手を叩いて、喜んでいた。

「面白い、面白いよ、今代の弓。いやあ、見ごたえがあるな。アルトリウスの尻を叩いてよかった。うちの息子が、あんな風に役に立つなんてね。やはり混ざりものは駄目だと思ったものだけれど」

幼い少年のような年恰好（としかっこう）で、かん高い声で、男は笑う。藍色（あいいろ）の瞳を細めて、邪悪に口の端を歪める。

「これは、思ったよりずっと楽しめそうだ。さあ、踊ってくれよ、僕の騎士たち。僕の下僕たち。何のために君たちが蘇ったのか、その意味をとくと考えてくれたまえ。そして、僕を解放するため、死に物狂いで地上に地獄を顕現（けんげん）させたまえ！」

男は、嗤（わら）い続けた。たったひとり、牢獄のようなその世界で、待ち続ける。

†

ボールスとガラハッドは大陸へ向かう船に乗っていた。潮風が頬を撫でる。

「アスヴァール島の湿った空気とも、またしばらくおさらばか。俺たちはもう一度、この島に帰って来られるのかねえ」

ボールスのその呟きに、ガラハッドが口を開いた。

「陛下は、戻ってくることを望んでおられる」

彼にしては珍しい無駄口に、ボールスは口笛を吹いた。

「機嫌がいいじゃないの」

ガラハッドは、きょとんとした顔で首をかしげた。

厳めしいこの男がそんなことをするといささか滑稽(こっけい)だな、とボールスはからかう。ガラハッドは肩をすくめて、相棒の軽口をかわした。

「まったく、何が嬉しいんだか。いや、俺だってあのモードレッドとかいう男が死んだのは嬉しいよ。スカっとしたね。うまくモードレッドをハメたもんだ」

「奴は」

ガラハッドは言葉を選んで告げる。

「陛下の敵だ」

「たいした策士だよ、あんたは」

ガラハッドは首を横に振る。

「信じたのだ。魔弾の王を」

「それって、あの不気味なやつじゃなくって、三百年前に会ったたって男だろう。今代の弓、あのティグルヴルムド＝ヴォルンって男とは別人じゃないか」

その通りだ、とばかりにガラハッドはうなずく。

「信じられると思った」

なぜ、とボールスは訊ねた。ガラハッドは返事をしなかった。ただ、遠ざかるアスヴァール島をじっと見つめている。ボールスは腰のポーチから絹の布に包まれた拳大の宝石のようなものを取り出した。見る者を魅了するかのように、虹色に輝いている。

「まあ、いいさ。必要なものは手に入ったんだ」

ガラハッドが睨んでくる。ボールスは苦笑いして虹色の石をふたたび布にくるみ、ポーチにしまう。

「迂闊にひと目に晒すな、ってんだろ。わかっているさ。――なにせ、妖精の友人から手に入れたものだからな」

ガラハッドが重々しくうなずいた。

「ああ、もうアスヴァール島でやるべきことは、すべて済ませた」

ボールスは背後を振り返る。

大陸の大地が見えてくる。ここからが、彼らにとっての本当の戦いだ。アスヴァール島で権力争いをしている者たちは、陛下に任せればいい。もっといえば、勝手にしてくれと思う。自分たちにとって大切なことは、そこにはもう、何ひとつないのだから。

「パーシバル、おまえさんを殺した男は、たいしたやつだったぜ」

心残りは果たされたのだ。

†

とある宿場町の宿で、ティグルはリムに猫の王のことを洗いざらい話した。

帰路の途中で一度ギネヴィアと別れ、進軍するギネヴィア軍に追いつく途上のことである。

ギネヴィアは護衛の部隊と共に、後からゆっくりと追いつく手筈となっていた。馬での強行軍は、王女殿下にはいささかきついものがある。

「この子猫が、しゃべるというのですか」

リムは宿の二階のベッドに腰かけ、自身の膝で無防備に仰向けとなる子猫の腹を撫でながら呟く。そのケットは「うむ、下僕よ。もっと撫でるがよい」としゃべっているのだが、彼女には聞こえていないようだった。

「信じられないか」

「いいえ、信じます。ティグルがそう言っているのですから」

リムは夢中になってケットの喉を撫でていた。子猫は手足をばたばたさせ、ごろごろと気持ちよさそうな声を出す。

「ですが、私にはこの子の声が聞こえないというのは、いささか悔しいですね」

「ほとんどの人には聞こえないそうだよ。俺以外でケットの声を聞いたのは円卓の騎士くらいだ。ガラハッドは、実際に猫の王に会ったことがあるみたいだったな」

「うむ。あれは先代の先代の……ずっと先代と顔見知りであったのだな。下僕どもの空想も、たまには役に立つ」

それはアスヴァールの建国伝説のことだろうか。ギネヴィアには聞かせられない言葉だなと思う。

「猫の王に認められるには、どうすればいいのでしょう」

「よくわからないな」

「王は王を認むるのだ」

王様になればよい、ということだろうか。だがティグルは王ではない。ティグルよりもずっと王に近いところにいるのはギネヴィアだが、猫の王は彼女と会話する気がまったくないようだった。

リムは子猫と遊び続けている。いつもあまり表情の変わらない彼女だが、口もとが綻び、頬も少し上気しているように思う。猫の王は気の抜けたような声をあげながら、「下僕よ、もっと猫の王に媚びるがよい。あ、そこっ」と口調だけはやけに偉そうだった。

「ティグル。あなたはヒトならざる者に気に入られる宿業のようなものを持っているのでしょうか」

「わからないな。気づくとモルガンに出会って、猫の王に会って、円卓の騎士に会って……。でもそれを言ったら、リム、君は湖の精霊に剣を貰っているだろう」

「たまたま、そういう巡り合わせだったのだと思います。あそこに死にかけた私がいて、ちょうどよかったのでしょう」

「俺も、たぶんそうなんだ。巡り合わせなんだろう」

その奇妙な巡り合わせにより、ティグルとリムはどんどん深みに嵌っていっているような気がする。この島に隠された、ヒトの身では本来、覗けぬものを覗いてしまっている。この先、彼らはどうなってしまうのだろうか。

「でも、巡り合わせだけでは、ここまで来られなかった。きみの双剣も、その新しい力を引き出せたのは君自身の力があってこそだ」

モードレッドとの戦いで、リムは双紋剣の力をいっそう引き出してみせた。ガラハッドの戦い方を観察するうち、自分でもできる気がしたらしい。あのときは、こんなところで死んでなるものか、何としても生き抜くのだと必死であったのだと、後に彼女は言っていた。

「アルサスに、帰らないと」

ティグルはぽつりと呟いた。

「この気持ちを、忘れないようにしないと」

自らにいい聞かせるようにそう言って、拳を握る。

「そうですね。私も、想いは同じです。ライトメリッツに戻らなくては。エレンのもとへ」

リムは子猫を弄びながら、うなずいてみせる。

「そのためにも……。次の戦い、必ず勝たなくてはなりません」

翌日の朝、ティグルたちの泊まる宿に伝令の騎士がやってきた。

ギネヴィア軍の大敗北を告げる使者であった。

†

若者は男爵家の三男で、今回が初陣だった。寄親の侯爵はギネヴィア派に遅参したことを挽回するべく張り切って、今回の出陣にあたり、先鋒を担う。若者はその末席に加えられた。

三千の軍勢は当初、ゆっくりと南下する予定だったが、侯爵は「竜殺し殿と合流する前に手土産が欲しいな」と欲を出した。強行軍で偽アルトリウス派の町までたどり着き、これを強襲する。

　町は降伏勧告を無視して頑迷に抵抗したが、まる一日の攻防の末、ついに陥落した。もとよりアスヴァール島のど真ん中に位置する、本来ならばせいぜい野盗の襲撃に備える程度の外壁しかない小さな町だ。本気を出した数千の大軍を前に敵うべくもなかった。

　ギネヴィアは略奪禁止を申し渡していたが、侯爵はこれを無視し、三日の略奪を許す。思った以上の被害に士気の低下を恐れたのだ。若者は戦場の熱狂に酔って、欲望のまま、騎士や平民の兵士と共に、破壊された北の門から町に突入した。

　先行した兵士たちは、精魂尽き果てた町の人々に対して、獣のように襲いかかっていた。略奪は早い者勝ちだ。若者も必死になって走った。

　若い娘を犯し、子どもの首を刎(は)ねた。老人の死体から銀歯をえぐり取り、妊婦の指を切断して装飾品を奪い取った。大陸でザクスタンとの戦いに赴いたことのある同僚が、戦場ではこれが道理である、これが当然なのだと若者に教授してくれた。若者は同僚の教えに忠実に従い、周囲と共に町を蹂躙(じゅうりん)した。

　一度、たがが外れた欲望は歯止めがきかなかった。血(ち)の宴(うたげ)は二晩続き、ついには町の人々の泣き声が聞こえなくなった。そして、ふと気づくと、周囲は怒号と悲鳴に満ちていた。

「偽アルトリウス派の攻撃だ！」

　耳を疑った。偽アルトリウス派の軍勢はまだ数日の距離にあるはず。だからこそ侯爵も軽率な略奪を許したのだ。この町は敵軍に見捨てられたはずだった。

なのに何故、自分たちは攻撃を受けているのか。この敵軍はいったいどこから湧いて出たのか。いや、それよりもまずは生き延びることだ。ぐったりとして動かなくなった娘を放り出し、若者は剣ひとつを手に北に走った。

門を出てすぐ、罠にはまったことに気づく。周囲を敵の騎兵が取り囲んでいた。若者のまわりにいた兵士たちが、槍を胸に受け、斧で頭をかち割られ、ばたばたと倒れていく。若者はそれでも死に物狂いで戦い、囲みから抜け出した。

もとより、剣の腕はなかなかのものだったのだ。才能があると師に褒められた。このまま才を伸ばしていけば、いつかは剣ひとつで名を上げることもできるだろうと。男爵家の三男など、他に立身出世の道はなかった。今回の出兵がなければ、若者は今も厳しい修行に邁進していたはずだった。いつかは、そういつかは、剣で名を立てることができたかもしれない。

「逃がすわけにはいかないな」

ひとりの剣士が若者の前に立ちはだかった。腰に二本の短い剣を下げた、黒髪の女だった。若者は鼻で笑って、女剣士に突きかかった。そういえば、とそのとき思い出す。

――円卓の騎士を名乗る女が、前の会戦で……。

それが彼の最後の思考となった。

隣の従者から数打ちの剣を受け取った女が、それを一閃する。若者の首は胴と離れた。

アルトリウス派の宰相ダヴィド公爵は、敗走する敵軍への追撃を禁じたあと、被害を受けた町へ戻った。

†

ギネヴィア軍の先遣隊、三千。対するアルトリウス軍は千に満たぬ少勢であったが、すべて騎兵だった。敵軍の予想をはるかに上まわる強行軍で町の救援に向かうことができたのは、騎兵だけを先行させたからである。

勝因は単純だった。北から南に遠征してきたギネヴィア軍が占領した町で狼藉(ろうぜき)の限りを尽くしている間に、好機とみたダヴィド公爵はアルトリウス軍を北側にまわりこませ退路を封じたうえで、町の北の門から騎兵を突入させたのだ。

ダヴィド公爵の手勢は町の中を知り尽くしていた。潜り込ませた諜報組織も大半は生き残っていた。町の人々は乱暴狼藉をはたらくギネヴィア軍に憤(いきどお)っていた。

ギネヴィア軍の兵士は町中で分断され、三々五々に討ち取られた。裏をかいて町の南門から逃げたギネヴィア軍の兵士たちは、原隊に復帰することも難しいだろう。

「たいしたものだ。僕はいらなかったな」

町の門では、数打ちの剣を血に塗らした黒髪の若い女性が待っていた。円卓の騎士アレクサンドラ。親しい者にはサーシャと呼ばれる女性である。

「楽観はできません。今回、我々が勝利できたのは、ギネヴィア軍の統制が利いていなかったからです。先の会戦で活躍したティグルヴルムド卿は言うに及ばず、ブリダイン公爵の手勢もおりませんでした。これではヤギの乳が入っていない紅茶も同然です」

「その言葉、オルミュッツの戦姫の前で言ってはいけないよ。首を刎ねられてもおかしくはない」

「現役の戦姫と親しくする予定はございませんな」

しかめっ面を崩さず、ダヴィド公爵は言った。円卓の騎士の女性は肩をすくめてみせる。

「あなたの言葉は冗談か本気か、いまひとつよくわからないね」

「どちらとでも、アレクサンドラ様のよろしいように」

「まあ、いいさ。とにかく、これで貴重な時間が稼げた。大陸から一軍を持ってくる時間がね。ここまで追い詰められたのは、あのとき僕が負けたせいだ。苦労をかける」

サーシャは左腕をぐるぐるまわしたあと、ひとつうなずく。

「うん、僕はもう大丈夫だ。思ったより時間がかかったけれど、もうちゃんと戦える」

北の空を見つめた。鈍色の雲が広がる空を。

「せっかくこの身体を手に入れたというのに、誓約もあって、ままならないものだ。でも、アルトリウス様は、円卓の騎士たちは、こんな僕によくしてくれた」

モードレッドは討たれた。それが円卓の騎士たちの計略によるものであったと、サーシャは聞いた。彼らが憤慨した理由のひとつは、自分とモードレッドの諍いであろう。

「決めたよ。僕はもう、故郷に帰れない」

戦姫となった自分を支えてくれたレグニーツァの人々に想いをはせた。

「エレン、僕は君の親友を討つ」

あとがき

瀬尾(せお)つかさと申します。魔弾の王と聖泉の双紋剣(カルンウェナン)、二巻をお届けいたします。

初の大規模な会戦、赤黒い武器の使い手たちの勢ぞろい、そして怪しい存在の出現、といよいよ物語が大きく動き出す巻となります。


今回の一番の問題児は、サーシャでした。

そもそもは、一巻の原稿を原作者の川口士(かわぐちつかさ)さんとあれこれいじっている最中、雑談で川口さんがぽろっとこう言ったんですよね。

「これ、サーシャにどうやって勝つの？　ティグルとリム程度じゃ、サーシャ相手に瞬殺されますよ？」

おいおい、この人なに言ってくれちゃってるんですかね、と即座にその場でツッコミましたが、まあそれはそれとして私もサーシャの格は落としたくない。ふたりであれこれ考えました。

「戦姫の○○を援軍として出すのはどうでしょう」

と訊ねれば、川口さんは自信をもって「不意討ちしても瞬殺ですね。サーシャはとても強いんです」と即座に答えます。ちなみにほぼ原文ママです。

ちなみにこのあと、ロラン以外の誰の名前を挙げてもほぼ同じ返事でした。旧作で何故ロランが××されたか、理由がよくわかりますね。

まあそれからあれこれシミュレーションして……結果は、ご覧の通りです。本編をお読みください。まあ、表紙裏のあらすじに書いてある通りなんですけど……（今回はあらすじも私が書きました）。

このキャラもまた、（立場的に当然）色々と厄介な問題を抱えているわけで、設定まわりから何から、色々調整させていただきました。本格的な活躍は三巻以降となる予定ですが、二巻で読み取れる情報だけでも旧作をご存じのかたなら、あれこれ想像できるかと思います。

どうか、お楽しみいただければ幸いです。

お礼を。イラストレーターの八坂（やさか）ミナトさん。今回も綺麗なイラスト、ありがとうございます。サーシャの腋は最重要注目ポイントですね。次巻もよろしくお願いします。

よろしければ、ブログ遊びに来てください。

ＵＲＬは http://blog.livedoor.jp/heylyalai/ となります。

ティグルとリュドミラの新たなる物語
待望のコミカライズ

待っているわ
あなたの矢が
あの蒼氷星に
届くのを
presented by
kakao
魔弾の王と凍漣の雪姫
「ニコニコ静画」内
「水曜日はまったりダッシュエックスコミック」
にて連載中

ダッシュエックス文庫

魔弾の王と聖泉の双紋剣(カルンウェナン)2

瀬尾つかさ　原案／川口 士

2020年2月26日　第1刷発行

★定価はカバーに表示してあります

発行者　北畠輝幸
発行所　株式会社　集英社
〒101-8050　東京都千代田区一ツ橋2-5-10
03(3230)6229(編集)
03(3230)6393(販売／書店専用) 03(3230)6080(読者係)
印刷所　図書印刷株式会社

ISBN978-4-08-631349-0 C0193